SÓ UM POUCO AQUI

instante

MARÍA OSPINA PIZANO

SÓ UM POUCO AQUI

Romance

TRADUÇÃO
Silvia Massimini Felix

Título original: *Solo un poco aquí*
Publicado sob acordo com Casanovas & Lynch Literary Agency.

Obra editada com apoio do programa Reading Colombia para tradução e publicação.

Direção Editorial: **Silvio Testa**

Coordenação Editorial: **Andressa Veronesi**
Revisão: **Laila Guilherme** e **Fabiana Medina**
Capa: **Fabiana Yoshikawa**
Imagens: **Stephanie/AdobeStock, Albert Schweitzer/AdobeStock, Heather Shimmin/AdobeStock, SL-Photography/Shutterstock** (capa), **Thijs van Laarhoven/Shutterstock, Gustavo Cabrera_Wirestock/AdobeStock** (quarta capa) **vkaganovich/AdobeStock, Stephanie/AdobeStock, LiberCor Fotografie/AdobeStock, Stephanie/AdobeStock** (orelhas) e **subinpumsom/AdobeStock** (verso da capa)
Diagramação: **Estúdio Dito e Feito**

1ª Edição: 2025
Dados Internacionais de Catalogação na Publicação (CIP)
(Angélica Ilacqua CRB-8/7057)

Pizano, María Ospina
Só um pouco aqui / María Ospina Pizano ; tradução de Silvia Massimini Felix. — 1. ed. — São Paulo : Editora Instante, 2025.

ISBN 978-65-87342-83-2
Título original: Solo un poco aquí

1. Ficção colombiana I. Título II. Felix, Silvia Massimini

CDD C0863
25-0891 CDU 863

Índices para catálogo sistemático:
1. Ficção colombiana

Texto fixado conforme o Acordo Ortográfico da Língua Portuguesa de 1990, em vigor no Brasil a partir de 2009.

www.editorainstante.com.br
facebook.com/editorainstante
instagram.com/editorainstante

Só um pouco aqui é uma publicação da Editora Instante.

Este livro foi composto com as fontes Arnhem e Homage Condensed e impresso sobre papel Pólen Natural 70g/m² em Edições Loyola.

FSC
MISTO
Papel | Apoiando o manejo florestal responsável
FSC® C008008

Para Eleazar e todas as suas criaturas.
Para os cachorros que me acolheram desde criança.
Para a saíra-escarlate, com a esperança de que ainda esteja viva.

Será que realmente se vive enraizado na terra?
Não para sempre na terra:
Só um pouco aqui.
Mesmo que seja de jade, se quebra,
mesmo que seja ouro, se rompe,
mesmo que seja plumagem de quetzal, se desgarra.
Não para sempre na terra:
Só um pouco aqui.

NEZAHUALCÓYOTL, século XV

Chegar indo. Zepquasqua

ANÔNIMO, *Dicionário e gramática chibcha*
(Início do século XVII)

Partir
é sempre partir-se em dois.

CRISTINA PERI ROSSI, "A viagem"

Macacos, alces, vacas, cães, borboletas, búfalos. O que nós daríamos para que as vidas arruinadas de animais contem uma história humana — quando nossas vidas por si sós são histórias de animais.

OCEAN VUONG,
Sobre a terra somos belos por um instante

I

COLÓQUIO DAS CACHORRAS

Aonde quer que você vá, tenho de segui-lo.
Ep-quaque va vm nangaxin, vm suhucas inanga.

ANÔNIMO, *Gramática breve da língua mosca* (c. 1612)

O que ouvi louvar e enaltecer é nossa grande memória, gratidão e fidelidade, tanto que costumam nos pintar como símbolo da amizade; e por isso terás visto, se prestaste atenção, que nas sepulturas de alabastro, onde costumam estar as figuras dos que ali estão enterrados, quando se trata de marido e mulher, põem entre os pés de ambos a imagem de um cão, para mostrar que em vida tiveram sua amizade e fidelidade invioláveis.

(Cipião, um cachorro, para seu amigo
Berganza, outro cachorro)
MIGUEL DE CERVANTES, "O colóquio dos cães"

E nessa rua de estio,
rua perdida,
deixou um pedaço de vida
e foi embora.

HOMERO EXPÓSITO, "Naranjo em flor"
[Flor de laranjeira]

Uma vez tive duas cadelas que prestavam muita atenção para que tudo fosse dividido justamente — comida, carinho e privilégios. Os animais têm um senso de justiça muito bem desenvolvido. Lembro do olhar delas quando eu fazia algo errado, quando as reprovava injustamente ou não cumpria a palavra. Olhavam com uma dor tão grande, como se não conseguissem entender como eu podia ter violado a lei sagrada. Aprendia com elas uma justiça absolutamente básica e natural.

OLGA TOKARCZUK, *Sobre os ossos dos mortos*

Kati

Kati inclina o pescoço, ergue as orelhas e afina a escuta, como sempre faz para decifrar os enigmas.

— Já pra casa, minha cachorrinha linda! — ele lhe ordena com aquele amor intenso com que costuma falar com ela, enquanto dois homens uniformizados o levantam pelos braços e ele chuta no ar.

Ela dobra o pescoço para o outro lado e volta a latir. Deve saber que já está em casa, embora faça apenas alguns dias que tenham vindo morar naquele parque. Talvez se pergunte se ele está falando do beco de antes, em que moravam até pouco tempo atrás, de onde foram expulsos com muitos outros em uma madrugada recente, à força de jatos d'água e gás lacrimogêneo.

Parece ficar ainda mais enfurecida com os gritos que ele lança enquanto os sujeitos o arrastam para dentro do camburão. Então se junta ao alvoroço com latidos mais roucos que enchem sua boca de espuma. Tenta se jogar em cima de um deles, mas freia para se esquivar do chute que recebe.

— Tome cuidado, minha Katica, e me espere em casa, que eu já volto — implora o preso enquanto o enfiam na parte de trás da viatura, que cintila luzes azuis na rua. — Prometo que já volto, minha menina. Conte com isso. Vá pra casa!

Talvez Kati pare de escutá-lo quando os homens fecham a porta. Corre para a máquina que arranca e o leva para longe. Ela a persegue a galope por dois quarteirões, como se quisesse fazê-la frear com sua coragem, como se não tivesse dúvidas de que seus latidos podem destruí-la. Parece não saber o que fazer com sua fúria quando vê que perdeu a corrida.

Desvia de uma moto que quase a atropela no meio da rua. Late mais, ali da calçada solitária. Talvez dispare raiva através dos pelos eriçados do lombo. Talvez a vontade de morder alguém esteja condensada em seus molares. Rosna para o nada. Não há mais ninguém para notá-la àquela hora da noite em que as ruas do centro estão quase desertas.

Deixando escapar de vez em quando algum dos latidos coléricos que ainda fervem dentro dela, parece se lembrar da ordem e da promessa que ele lhe fez e regressa. Para a casa de agora, aos pés da jovem árvore de guaiaco do parque, onde de madrugada ele estaciona a carroça, estende os plásticos e monta a barraca de papelão, na qual ambos costumam se enrolar entre os cobertores para lutar contra o cansaço e o frio intenso.

Encolhe as patas e se enrola nos cobertores como se tentasse reter o calor que ele conseguiu deixar impresso ali antes de ser levado. Dessa vez não dorme, embora talvez esteja cansada depois da ronda noturna habitual. Ofega, mas talvez não de calor. Fica de olho na esquina pela qual ele foi embora, como se não quisesse perder o momento em que vai regressar. Alguns homens chegam do trabalho com suas carroças e as estacionam nas proximidades. Pessoas que também tiveram de sair correndo de madrugada, quando os tanques e as mangueiras do despejo entraram para destruir seu abrigo. Parece reconhecê-los. Também a senhora que chega nesse horário para instalar o carrinho de *arepas* em frente ao motel que está sempre aberto. Talvez ali de onde está Kati fareje, e goste, do aroma de manteiga derretida e queijo. Em meio à poeira, os ônibus anunciam a chegada da madrugada com sua rouquidão de máquinas minguadas. Brota um cheiro de chuva leve, de nuvens claras que roçam o chão, e ela se abriga um pouco mais embaixo da carroça, de olho na esquina onde ele desapareceu com sua promessa.

Desde pequena, Kati sabe defender a casa dos ladrões. Sabe cuidar do papelão e das latas, dos cobertores, do rádio, dos sacos de pão, das garrafas d'água, da caixa em que ele guarda as sobras para ela, das botas de borracha e do impermeável para as chuvas, das ferramentas e da corda, dos sacos com material para reciclagem e das lonas plásticas que ele ganhou recentemente em uma obra. Sabe como eriçar os pelos, retrair os lábios bigodudos, mostrar as presas e latir para assustar qualquer um. Mas dessa vez não precisa morder ninguém. Os dois sujeitos que rondam a carroça se afastam quando notam sua vigília atenta. Depois, o cachorro branco que manca vem cumprimentá-la. O amigo de longa data, o vizinho que agora também se mudou para o parque, como ela. Farejam as dobras um do outro com entusiasmo e esfregam-se os pelos, como se quisessem contar com pele e fibras os feitos de uma noite de peregrinação pelo concreto. Parece ficar um pouco reconfortada ao vê-lo. É possível que ele consiga perceber a substância e a vibração que sustentam a ansiedade dela.

No meio da manhã, pressionando o focinho, Kati rasga o saco em que o homem guarda a comida que pega para ela em restaurantes e lojas. Engole a toda velocidade a maçaroca que encontra. Como não há mais água em sua vasilha, sai para procurá-la nas poças ao redor. Bebe de uma vala que se forma no escorregador do parquinho e regressa num trote para a carroça, para não se afastar por muito tempo dela. Nas ruas, as lojas já estão abertas. O ruído dos carros se confunde com o pregão dos alto-falantes dos ambulantes que se instalam nas calçadas do parque para rogar que alguém compre seus abacates, pupunhas, cadeados, carregadores de celular e chinelos com desconto.

Ao entardecer, quando para de passar por lá tanta gente e a montanha escurece, os homens do parque começam a partir com seus carrinhos. Kati trepa em sua carroça, que ele deveria estar puxando àquela hora, para vasculhar os sacos nos quais encontra alguns pães fatiados que ela talvez reconheça que não são para ela. Quem sabe estranhe a quietude daquele fim de dia, que costumava anunciar o início de suas andanças. De volta ao cobertor, cochila, entreabrindo os olhos toda vez que alguma dissonância interrompe o estrondo mecânico de metais e assobios e a música que ainda atravessa algumas portas. De vez em quando ela arrasta os olhos para a esquina por onde ele desapareceu, talvez com a esperança de que esteja chegando. Mas, durante toda a noite, Kati vê apenas um cachorro vasculhando o lixo espalhado na calçada, quatro homens voltando a estacionar suas carroças cheias e algumas pessoas que entram e saem do motel. Talvez sinta falta da agitação da rua que costuma amortecer suas patas ou da alegria de farejar as pequenas latas de lixo que a cidade oferece em cada canto ao anoitecer. Ou de repente esteja faltando algo muito distinto.

Quando a manhã irrompe, Kati se sacode e sai para dar uma volta, talvez com fome, porque não encontra mais nada para comer na carroça. Se ele a visse, saberia que seu trote resoluto e sua audácia haviam diminuído, que uma reticência se infiltrou entre suas costelas e começa a atrapalhar sua cadência. Se ele a visse, notaria seu focinho tenso, que com a enfermidade e o infortúnio se torna árido e seco.

Kati ganha dois ossos de galinha quando se aproxima da lanchonete em frente ao parque, onde ele geralmente pede sobras para ela. Em outro momento teria esperado até voltar ao carrinho para comê-los com calma, mas desta vez ela os despedaça na calçada com a ânsia dos caninos. Em seguida, dobra a esquina na direção de sempre, em direção às montanhas que interrompem o emaranhado de ruas e muros por onde ambos se movem. Já não se detém para coçar o lombo com prazer como costuma fazer em alguma esquina quando vaga com ele. Procura as sobras deixadas nas calçadas depois que o caminhão de lixo passa, mas outros já se adiantaram para comê-las.

— Kati!

Ela corre animada para a mulher que varre a esquina e se abaixa para farejar a sacola que ela deposita no chão. Com entusiasmo voraz, engole os ossos e o arroz que ela lhe trouxe de casa. Quando termina, volta a farejar a sacola, como se implorasse para que fosse reabastecida.

— Você está com tanta fome hoje que esqueceu de me cumprimentar? Vamos, o que é que há, me dê um alô, você é uma cachorra decente.

A varredora coça seu lombo brilhante, e ela lambe a luva toda estropiada.

— Você está toda alegrinha e passeadora nos últimos tempos, né?

Kati bate o rabo e se enfia entre as pernas da mulher, que lhe faz festa.

— Sim, que cachorrinha mais bonita, tão linda, como sempre. E dessa vez, onde é que você deixou seu papito? Fale pro Luis que deixe de ser tão preguiçoso, faz dias que não o vejo!

As carícias parecem acalmá-la um pouco.

Kati segue seu caminho para a praça aonde costuma ir com ele todas as tardes. Sabe ficar na esquina do Palácio da Justiça onde ele a ensinou a sentar e esperar desde pequena, enquanto ele entra nas ruas que margeiam a catedral, com a certeza de que cumprirá seu "já volto". Ela sabe se acomodar atrás da placa que ele põe na calçada, observar o prato onde as esmolas vão caindo e esperar que volte com o carrinho cheio de latas e papelão para parabenizá-la por um trabalho bem-feito. Mas, dessa vez, um barulho interrompe a azáfama de sempre. Uma muralha de pessoas que pulam, assobiam e gritam impede sua passagem habitual para o outro lado da praça.

— Eu sou estudante, sou, sim! Quero estudar! Dinheiro para as aulas, e não para as guerras!

Talvez, entre as almofadas das patas, Kati sinta a vibração dos tambores que retumbam com força. Parece confusa com os silvos e assobios que emanam de centenas de bocas. Talvez por um momento tenha esperança de que ele esteja lá fazendo barulho também, mas talvez não saiba por onde começar a procurá-lo. Em seguida ela se esgueira por entre as pernas da multidão tentando se esquivar de pisões e pulos, rastreando com urgência uma saída daquela floresta de membros inflamados. Seu focinho trabalha incansavelmente, farejando cada perna que encontra, talvez na esperança de reconhecê-lo num dos corpos insurrecionais que fazem a praça tremer.

— A educação é um direito, não uma mercadoria! Não somos terroristas, senhores policiais.

Na estátua cagada de Bolívar não há os pombos que ela gosta tanto de azucrinar, mas vários corpos que subiram ali para agitar bandeiras. Esquivando-se de pisadas e empurrões, Kati consegue atravessar até sair numa clareira na esquina da catedral. Ela se depara com uma fila de policiais da tropa de choque enfiados entre o plástico e o metal escuro que os reveste. Quem sabe Kati se surpreenda com o fato de que, em vez de rostos, há capacetes enormes refletindo a multidão alvoroçada e as nuvens carregadas. Talvez perceba a arrogância que emana pelas frestas de seus uniformes. Talvez se lembre de que foram homens assim que os expulsaram da rua em que estiveram a vida toda. Parece amaldiçoá-los com cada latido. Até que um chute por trás a empurra para longe. Ninguém ouve seu breve ganido. Ninguém nota que ela está correndo assustada pela avenida Séptima, indo contra a multidão, esquivando-se das pessoas que se lançaram com outras fúrias para encher a praça, apesar do gás lacrimogêneo.

Ela roça contra as paredes, como se implorasse por guarida, até conseguir escapar pela primeira rua onde ele sempre pega fardos de papelão e papel que joga na carroça. A rua pela qual eles costumam voltar para casa — para a antiga, para a nova, para qualquer uma das duas, porque ambas ficam próximas. Ela se sacode várias vezes, como se tentasse se livrar da gordura humana que ficou grudada em sua pelagem. Volta à sua marcha resoluta e leve, como se não tivesse tempo de se encolher com o golpe da polícia. Endireita o rabo. Quando para em frente ao prédio que está ocupado pelas famílias emberás há meses, não encontra as sobras que sempre lhe deixam ali, em volta da seringueira que irrompe pelo cimento.

Desvia habilmente dos ônibus e carros engarrafados na primeira avenida que delimita o parque. É possível que vislumbre seu carrinho vazio. Mas dessa vez ela continua sem se deter e atravessa a rua seguinte, talvez porque sinta que ele a está esperando na antiga moradia, onde sempre viveram até o dia do desterro. Deve se espantar com a nova solidão do quarteirão ao se aproximar dos becos que rodeiam sua antiga casa. Talvez ela se surpreenda com o cheiro de poeira rançosa que agora brota ali com mais força. Ela para e faz xixi ao lado de uma enorme placa que diz:

Aqui se constrói
o novo Distrito Criativo das Artes
Bogotá Melhor para você!

Trota por baixo das fitas amarelas que proíbem a passagem dos transeuntes e escapole por uma pequena fenda que encontra na divisória de lona azul que agora oculta o beco onde cresceu. Aguça o olhar e rastreia com o focinho os montes de terra ocre e a poeira de máquinas que escavam as poucas construções desordenadas que restam. Procura abrigo das dragas e dos guindastes que diligentemente empurram a matéria, raspam paredes e janelas que ninguém reivindica e demolem com entusiasmo os telhados. Atravessa trotando aquele campo condenado a ser vazio em direção a alguns escombros que se acumulam no que já foi sua casa. Para duas vezes e lambe uma almofada da pata ferida por um pedaço de lata. Escala com dificuldade pelas ruínas até se deitar em algumas tábuas de onde pode contemplar os extensos despojos. Se ele a visse, entenderia que em seu piscar desafiador também parece estar alojado o desconsolo.

É tarde demais quando ela vira a cabeça em um esforço para descobrir quem está à espreita atrás dela. Dois homens mascarados passam uma corda em seu pescoço. Kati rosna e se sacode para tentar frear o puxão, mas eles vencem o duelo.

— É uma fêmea. Calma, calma, cachorrinha, ninguém vai te machucar.

Ansiosa, ela se volta para procurar a nuca e tentar desfazer o laço que a prende. As almofadas de suas patas raspam contra cacos de vidro e madeira enquanto ela resiste à atração que a puxa em direção a um caminhão. Mesmo que a corda aperte seu pescoço e a faça tossir, consegue cuspir alguns grunhidos furiosos que devem revelar a raiva que está fermentando há dias. Quem sabe se a sua será a última raiva a reverberar nesse lixão. (Algum tempo depois e longe dali, ela expulsará outras fúrias e buscará outras guaridas, mas ainda ignora isso.) No caminhão, três gatos enjaulados miam juntos enquanto os homens desviam das mordidas de Kati, amordaçam-na com uma focinheira, a enfiam na carrocinha, apesar de seus pinotes, e fecham a porta.

Mona

— Fique aqui, quietinha, quem sabe alguém te leva.

Mona tenta se safar da coleira que a prende à grade quando vê que a mulher que sempre lhe deu ordens entra no carro e fecha a porta. A corda freia seu impulso quando a cachorra insiste em ir atrás dela. A cachorra explode em latidos quando perde o carro de vista no trânsito, mas seu clamor se dilui nessa tarde de feriado. Duas mulheres que comem no terraço do café vizinho ficam impacientes e se mudam para outra mesa. No parque florido, do outro lado da rua, vozes vindas de alto-falantes retumbam com força, e uma multidão se reúne para assistir ao futebol em frente a um enorme telão.

De pé com a coleira tensa, Mona às vezes geme e às vezes resfolega. Parece crispada, como se estivesse sufocada por perguntas. Fareja cada corpo que passa por ela na calçada, observando as pessoas que saem do café, e late para cada carro que passa por perto. Talvez cultive a esperança de que voltarão para buscá-la. Quando os gritos das pessoas que assistem ao jogo no parque ficam mais altos, seus uivos parecem revelar que suas últimas certezas estão desmoronando.

Quando as pessoas começam a ir embora e o frio desce montanha abaixo, Mona finalmente se deita. Quem sabe sua respiração ofegante e acelerada revele que sua paciência está acabando, mesmo que esteja acostumada a esperar desde que nasceu, como uma boa cachorra de apartamento. Observa o lento escurecer das coisas. Detecta o momento em que as luzes dos cafés e restaurantes se apagam e o terraço a seu lado é desocupado. Vê alguns homens desmontarem e tirarem a tela do parque. Parece não se importar com o barulho dos carros, que vem diminuindo aos poucos. Às vezes solta um ganido fino, talvez inquisitivo, e é como se não tivesse mais certeza de que alguém pode ouvi-lo, como se estivesse começando a se resignar a certa ausência.

A última pessoa a sair do café se aproxima.

— E o que você está fazendo aqui a essa hora? Pra onde foi seu dono?

Mona para rapidamente e ouve desconfiada a mulher que passa a chave na porta do café e procura na rua alguém que não encontra. A cadela cheira com timidez a mão que se aproxima de seu focinho para sentir sua mansidão e retrocede.

— Mas quem te deixou aqui? Faz muito tempo?

Mona observa a mulher se afastar e depois se deter por um momento.

— Não se preocupe, com certeza virão te buscar.

Ela a vê andar pela rua, virar mais duas vezes e desaparecer na esquina. Então volta a se recostar junto à parede. Recolhe o corpo e dobra as patas dianteiras para dentro, para enfrentar o frio da noite que começa a lamber com força sua pelagem.

De seu posto de espera, pode avistar entre as árvores duas catadoras que vasculham sacos de lixo e recolhem latinhas que as pessoas deixaram jogadas no parque. Percebe três homens entrando em prédios próximos para cumprir seus turnos de vigilância e aqueles que já terminaram seu trabalho e estão indo embora. De vez em quando fecha os olhos, mas não se sabe se descansa. A preocupação parece interromper seus cochilos. Talvez nunca tenha ouvido o barulho dos pardais e dos melros como nessa madrugada, porque desde que nasceu está habituada a acordar no recinto acolchoado de uma casa com tapetes e porta. Quando começa a clarear, põe-se a mordiscar a coleira que a prende à grade com a mesma dedicação que demonstrava quando era filhote e queria se rebelar da coleira. Mastiga com as presas resistentes a corda de plástico por um longo tempo até conseguir rasgá-la.

Em liberdade, sacode o lombo, afugenta o orvalho dos pelos e atravessa a rua para entrar no parque, que a essas horas ainda não é atravessado por ninguém. Faz xixi nos sulcos de agapantos em flor. Procura água nos copos que as pessoas deixaram na grama. Lambe migalhas de um pacote de comida que encontra sob os balanços. Caminha pelas árvores farejando trilhas, mas dessa vez não carrega nas costas a curiosa emoção de outrora, o desejo implacável de ficar por horas decifrando os anais da terra. Dessa vez não é tomada pela emoção que sentia quando a levavam para passear no parque de seu bairro, embora seja a primeira vez solta em um campo. Pouco tempo depois, ela volta ao portão onde a correia rasgada a espera.

— O que você ainda está fazendo aqui, vagabundeando por acaso?

A mulher da noite anterior regressa quando o barulho da manhã já se instalou e as pessoas se esqueceram do sereno da montanha. Mona deve reconhecê-la, porque desta vez se aproxima com o rabo menos duro, como em sinal de acolhimento.

— Coitadinha. Não é possível que tenham feito isso com você.

Mona se deixa acariciar nas costelas e remover o pedaço de coleira que pende dela, marcando sua orfandade. Quem sabe se será capaz de sentir a dor e a culpa que apertam o peito da mulher desde que teve de abandonar seu cachorro, há catorze anos, quando as ameaças de morte chegaram e ela fugiu de seu povoado para Bogotá. Ela a vê entrar no local, abrir as janelas que dão para a rua, varrer e arrumar as mesas do terraço. Recebe com avidez dois pãezinhos de mandioca endurecidos e bebe da tigela de água que ela traz para fora.

Às vezes Mona senta. Às vezes deita. Esquadrinha cada pessoa que a ignora quando entra no café. De vez em quando, interrompe sua pesquisa para estudar algum cão satisfeito que passa com alguém pela calçada atado a uma coleira. Talvez reconheça o peso do estômago vazio quando se insinuam em suas narinas os cheiros de pão e carne que as pessoas engolem nos terraços dos restaurantes. Talvez também se mesclem, em seu focinho, com o cheiro de sabonetes e perfumes que alguns transeuntes exalam. Quem sabe algum dos aromas florais a lembre daqueles que a mulher que a deixou passava em si mesma todas as manhãs. Algumas vezes ela atravessa de novo a rua entupida de carros para farejar vestígios recentes no parque. Faz cocô ao lado de uma seringueira recém-plantada. Ignora os cães ociosos que passeiam ali com seus donos, que cheiram o mundo com a tranquilidade da barriga cheia e da companhia alheia, como ela costumava fazer. Mona se esquiva das investidas de um garotinho que a persegue depois de escapar do banco em que sua babá quer sentá-lo. Em outro momento teria oferecido a ele seu lombo marrom, mas já não parece estar disposta a essas entregas. Engole ansiosamente os ossos de galinha abandonados por uns pedreiros no intervalo do meio-dia. Sempre volta para sua cerca, como se apenas daquela borda empoeirada pudesse se perguntar como voltarão para buscá-la.

A mulher no café aparece outra vez ao entardecer. Em poucas mordidas, Mona come os pães velhos que ela coloca no chão. Ondula as costelas contra as pernas da mulher, aceitando suas carícias.

— Mas por que te deixaram aqui sozinha?

Mona abana o rabo timidamente e aceita sentar-se no papelão que a mulher coloca no chão.

— Vamos ver o que podemos fazer amanhã se não vierem buscá-la. Não se preocupe, vamos resolver isso. Talvez venham buscá-la logo, então seja paciente.

Mona lambe as mãos cheias de veias da mulher enquanto ela tenta coçar seu peito.

— Fique aqui quietinha.

Qual é a força que a prende àquele canto e não a deixa sair atrás da mulher quando a vê se afastar rua abaixo? Cochila em sua nova cama até que a chuva começa a molhar seu focinho. Caminha até a loja próxima, onde encontra um telhado que protege a calçada. Talvez seja pela surpresa que Mona lata para os corpos pálidos que posam paralisados de biquíni do outro lado da vitrine. Mas logo parece acostumar-se com sua companhia rígida, porque se acomoda ao lado deles no cimento e adormece. Ela se levanta quando o aguaceiro explode com mais força e uma poça começa a empapar seus cotovelos. Muda-se para o corredor do prédio ao lado. Um vigia acende uma lanterna sobre ela do outro lado da porta de vidro, mas, determinada a se ancorar em algum lugar, ela o ignora e se deita contra a parede quando o homem se afasta.

Ao amanhecer, uma mulher que chega para limpar o prédio a acorda.

— Saia daqui! Já pra casa! E não volte aqui pra sujar minha entrada.

Mona foge, talvez assustada com o guarda-chuva que a mulher brande para espantá-la. Atravessa o parque em busca de comida, mas não encontra nada. Talvez esteja perplexa com a fome que rebota por suas entranhas. Faz xixi. Volta para a cerca de sempre, onde o papelão foi destruído pela chuva, e bebe um pouco de água do pote que ficou cheio com o dilúvio. Deita-se no tapete úmido à porta do café e lambe as patas, como gosta de fazer desde pequena.

— Mas por que ainda está aqui? O que vamos fazer com você, mocinha?

Mona engole o prato de arroz com ossos de costela que a mulher do café lhe trouxe de casa. Balança o rabo quando a vê estender um plástico e alguns jornais ao pé da cerca. Ela a segue até a porta, como se implorasse para entrar com ela.

— Aqui não, meu amor, que pena de você, mas não me deixam. Espere ali na sua nova cama bem quietinha, e eu vou pensar em algo. Me desculpe.

Mona fica por um tempo de pé do outro lado do vidro. Ergue as orelhas. Parece estudar seu reflexo, que talvez ache diferente do que aparece no enorme espelho do banheiro da única casa que já teve. (Somente anos depois, e muito longe dali, ela poderá se ver em outro espelho tão cristalino.)

Deixa o rabo cair, como se desiludida. Até que algo a leva a voltar aos jornais que amortecem o cimento úmido. Talvez seja resignação, talvez seja cansaço, ou ambos. Examina as pessoas que passam ou entram no café naquele dia nublado. Assusta-se com qualquer porta de carro que bate. Qualquer um que a conhecesse pensaria que seus olhos irradiam com mais nitidez a carência e a tristeza.

Ao meio-dia, quando a mulher sai para procurá-la de novo, Mona se estende com as patas para cima para deixar seu pescoço ser esfregado, como se implorasse para que selassem um pacto de afeto.

— Sim, eu sei que você está triste. Que pecado! Como é que te abandonam assim?

A mulher se ajoelha e faz cócegas na barriga cheia de sardas da cachorra. Mona olha para o horizonte enquanto apoia a pata potente no braço da outra, talvez implorando para que ela nunca pare. Quem sabe ela se lembre do menino com quem vivia, que sempre a mimava assim, coçando seus mamilos macios que nunca darão leite. Então, ela é surpreendida por um leve estirão que a puxa pelo pescoço.

— Venha comigo, filhota, isso é pro seu bem. Fique de pé e ande. Faça isso, meu bem.

Mona deixa-se levar pela corda com que a mulher a amarrou, mas parece hesitar, como se uma antiga lealdade a impedisse de continuar. Um homem ajuda a mulher a levar a cachorra até o porta-malas de um carro. Talvez ela se surpreenda ao ser carregada quando está acostumada a pular sozinha no carro da mulher que morou com ela até poucos dias atrás. Talvez fique aliviada com a ideia de sair daquela rua molhada e desconfiada porque, embora esconda o rabo para dentro, nem mesmo protesta. Será que ela acredita que está sendo levada para casa ou duvida disso?

— Que tudo corra bem com você, ouviu? Você é uma cachorra corajosa, e eu sei que vai aparecer alguém que te ama. Bem, não é que eu não a ame, mas você verá como vai dar tudo certo.

Talvez Mona possa sentir a voz da outra se fragilizar. A mulher ordena que ela se deite antes de fechar a porta, mas ela permanece de pé, como que perplexa, mesmo que suas patas longas a atrapalhem no pequeno porta-malas. Quem sabe se, ao olhar fixamente para a mulher que se despede do outro lado do vidro, ela fique cheia de dúvidas. Pensando: Como isso é possível? Ou: Onde está a casa que eles prometeram ser minha? Quem é este homem? Ou: Isso é um sequestro ou uma ajuda? Onde se alojam suas perguntas? Ela se assusta com os timbales e as trombetas da salsa que explode pelas caixas de som quando o carro é ligado. Ninguém na rua consegue ouvir o latido afiado que ela solta quando percebe que está sendo levada.

CANINO 127 (FÊMEA JOVEM/VERMIFUGADA/VACINADA/CASTRADA/COM MICROCHIP) — LEIDI

CANINO 128 (FÊMEA JOVEM/VERMIFUGADA/VACINADA/CASTRADA/COM MICROCHIP) — RAINHA

Kati é a primeira a acordar quando o som da porta de metal anuncia que as pessoas estão entrando. Mona abre os olhos como que atordoada, parecendo lamentar que a outra tenha se desprendido tão rápido de seu lombo, que escapuliu de suas pernas e desfez o novelo quente em que elas costumam se embolar todas as manhãs. Kati encaixa o focinho entre as grades do canil, e Mona se aproxima dela, preguiçosa, quando a vê participar, arrebatada, do escândalo feito pelos outros cachorros em suas grades. Nenhuma das duas ainda consegue reconhecer de quem são as vozes que vêm do final do corredor, mas talvez, apesar do cheiro de desinfetante, cimento e mofo, detectem que o cuidador de sempre está chegando e traz gente nova. Os dois filhotes na jaula à sua frente olham-nas com curiosidade e soltam latidos agudos, como se desejassem ser iguais a elas.

Devem reconhecer a voz do homem que as adora e agora está se aproximando. Com expectativa, Mona geme e gira em torno da cela. Quando o veem chegar em frente à sua jaula, ambas abanam o rabo vigorosamente.

— Bom dia, meninas mais lindas.

Com latidos agitados, as duas levantam as patas dianteiras até o topo da grade. Talvez elas saibam que não é hora da refeição porque ainda não as deixaram sair para tomar ar no pátio. Não parecem estar interessadas no homem desconhecido que segura a mão de um menino. Apesar da dança das cachorras implorando por carinho, o homem que cuida delas lhes dá as costas para se aproximar dos filhotes.

Explica que aqueles são os cães mais novos que eles têm na Unidade, que foram recolhidos há algumas semanas e devem ter cerca de quatro meses, estão prontos para adoção.

— Nota-se que são de boa raça. E quais outros cães jovens você tem para me oferecer?

— Tem essas duas, veja como são inteligentes e bonitas. A pretinha deve ter uns dois anos, e a marrom já deve estar com três ou quatro. Dá pra perceber que elas tiveram dono porque chegaram muito saudáveis, com os dentes excelentes, e são muito educadas. As duas são superinteligentes.

O cuidador enfia os dedos entre as barras da jaula de Mona e Kati. Entre saltos animados, ambas se empurram com o focinho para competir por suas carícias. O menino o imita.

— Papai, olhe como estas são fofas. Não podem deixá-las sair?

Mona lambe os dedinhos com sua língua generosa. Kati dá um passo atrás, e isso parece lhe bastar para que decifre os corpos de longe. O homem puxa o menino, afastando-o da jaula.

— Vamos levar o filhotinho, mas tem que ser o macho. Se as mulheres são tão manhosas, certamente as cachorras também devem ser.

O desconhecido ri sozinho. O cuidador pega o filhote da jaula da frente e o aproxima da cerca de Kati e Mona.

— Diga tchau pra todo mundo, vamos lá. Senhoritas, façam-me um favor e desejem-lhe boa sorte.

Mona os observa se afastar virando a cabeça de lado, como se estivesse se perguntando por que o homem que cuida delas se recusou pela primeira vez a entrar para mimá-las. Vai aos pulinhos até o fundo da cela, onde Kati, talvez entediada, foi se deitar novamente. Mona se joga em cima dela e morde com paixão delicada seu pescoço negro. Com resmungos que parecem ser de prazer, ambas começam a se provocar, embolando seus corpos escuros com alvoroço, ignorando os latidos de outros cães que se dissipam quando a porta metálica se fecha.

II

ENTRE AS COPAS DAS ÁRVORES, O DESVIO

Ave. Sue guana. l. sue
Asa da ave. gaca
Abater a ave. guasamiſqua
Cantar as aves. ainsuca
Aguaceiro de pássaros. isua

ANÔNIMO, *Gramática breve da língua mosca* (c. 1612)

Como é viver entre os pássaros?

ARISTÓFANES, *Os pássaros*

Ai, beija-flor!,
não perfure tanto a flor,
asas de esmeralda.
Não seja cruel,
desça à beira do rio,
asas de esmeralda,
e me veja chorando junto à água vermelha,
e me veja chorando.

JOSÉ MARÍA ARGUEDAS, *Os rios profundos*

Como farão os pássaros
para saber em que momento,
se eles voarem,
já não correm perigo?
Que nervo do seu voo

avisa-lhes
que são de novo livres
entre as copas das árvores?

FABIO MORÁBITO, "Ouço os carros"

Acima de nós tudo é o toque
de estranhos e papagaios,
alguns deles humanos,
alguns deles não humanos.

ARACELIS GIRMAY, "Elegy" [Elegia]

Ela não quer arranha-céus; o que quer é floresta. Mas deve estar exausta e dessa vez, apesar da sabedoria de suas fibras, parece não saber como encontrá-la. Tampouco as demais. Enfeitiçadas pela luz, todas giram em redemoinho ao redor da ponta afiada do edifício que as atrai e as ignora, que ostenta sua vitória elétrica e lhes dispara luz e vontade de aço e vidro, de cabos e proprietários. O radar meteorológico as captura em transe nessa noite, embora não totalmente. Sobre o mapa se empilham milhares de corpos inquietos, formando uma grande mancha verde que vai turvando a tela dos especialistas. Algum cientista angustiado analisará a imagem e, em seguida, relatará o desastre. Mas o radar não é capaz de revelar o ímpeto daqueles músculos, as penas em êxtase e ardor, a fúria das asas e das caudas que resplandecem com a luz do arranha-céu que as engana. Amarelas, cinzentas, jaspeadas, pretas, marrons, vermelhas, verde-negras, brancas, alaranjadas, azuis. Asas desorientadas, corpos exaustos que antes daquela armadilha eram intenção e sede de destino.

Se alguém abrisse uma janela lá no alto de Manhattan naquela noite de setembro (mas quem faria isso nos prédios de escritórios climatizados, construídos para olhar para dentro?), ou se um dos ornitólogos, que às vezes sobe ao topo do prédio para estudar aves, estivesse lá registrando os cantos daqueles pássaros perdidos, detectaria em meio ao barulho do trânsito os gritos inusitados com que eles imploram algo desta vez. Notaria a algaravia que anuncia seu pânico, a ânsia com que parecem procurar que outros, presos na espiral iluminada como eles, lhes revelem por que sua bússola atrofiou, por que não podem continuar para o sul. Onde está o trajeto ditado pelas estrelas que seus corpos conhecem desde antes da primeira viagem? Onde está a rota pela qual seus parentes voaram resolutos por milhares de anos? Se alguém ouvisse esse burburinho dissonante, se arriscaria a conjecturar que andam perguntando tudo isso.

A saíra-escarlate só está no tropel circular há algumas horas desde que saiu de seu bosque em Connecticut, transformada em ave notívaga de longo voo, e perdeu o rastro das estrelas, que foram se apagando do céu. Então ela voou para as luzes escandalosas da torre que a chamaram para enganá-la. A mãe da saíra (como tantas dessas mães) passou pelo que era então chamado de Nova York em seu caminho para o sul sem ser dominada por vidros e filamentos. E depois também no caminho para o norte. Por milhares de anos seus ancestrais escaparam de predadores e tempestades, durante séculos testemunharam o movimento humano e mediaram entre árvores e estrelas, para que agora tudo desmorone.

Perdida na voragem, a saíra voa como um autômato, talvez surpreendida por seu próprio impulso, com os leques que a fazem inchar contraídos. Talvez a companhia de centenas de outros pássaros grandes e minúsculos que, entre bater de asas e gritos, também se desviaram de seu curso ou as correntes de ar que todos criam com o movimento das asas forçadas a venerar a eletricidade a incentivem a continuar naquela órbita que os iguala, que dirime suas diferenças.

Nas imagens da câmera instalada no topo do arranha-céu que oferece vistas panorâmicas de Nova York pela internet a qualquer curioso, alguém poderia vislumbrar o movimento rápido daqueles corpinhos que interrompem a imagem das torres do distrito financeiro. Poderia confundi-los com insetos e concluir, como as pessoas costumam fazer, que tudo aquilo é banal e rotineiro. Ninguém saberia ao certo que o corpo furioso da saíra-escarlate é um dos milhares que mancham o venerado panorama de concreto, aço e céu. Também é impossível saber que muitos outros pássaros exaustos e desgastados desabam ao lado dela após horas de agitação em espiral.

Quando a manhã finalmente diminuir a luz elétrica, dois voluntários da sociedade protetora de aves da cidade catalogarão os cadáveres das aves na calçada.

mariquitas
suiriris
turpiais
japus
tordos
juruviaras
rolas-do-mar
cucos
piuis
e outras saíras

que foram despencando abruptamente pelos cento e dez andares do prédio até a Fulton Street.

A essa altura, o porteiro responsável pela entrada principal do arranha-céu terá terminado seu turno e sairá ao encontro dos pássaros caídos. Será tomado de novo pelo mal-estar que o assola nos dias de outono e primavera, quando as aves se confundem. Como nas últimas manhãs, ficará perturbado ao encontrar os corpos dos pássaros que atapetam a rua com seu hálito recém-esvaziado, com o aroma vital ainda se dispersando ao amanhecer. É atravessado pela raiva quando percebe no asfalto o silêncio das asas que antes viviam para defender o ar. Aflige-se por tantas viagens abolidas, a paz dolorosa de uma carne apagada que antes era ímpeto milimétrico condensado em dança.

Ele sabe, porque foi criado por uma avó que o ensinou a encontrar nesse norte os pássaros que ela via quando criança no Tennessee, que as aves são majestade e augúrio. Para honrá-las e aliviar sua própria desolação, ele tem realizado funerais para elas desde o outono passado. Como sempre que depara com o massacre na calçada, ele pegará com suas mãos enormes a maior quantidade de corpos que couber em sua mochila para carregá-los a hora e meia que a viagem de metrô leva até seu apartamento no Bronx. Vai, com a filha, enterrá-los na esquina de um parque próximo, à sombra do cedro mais distante das estradas, ao lado das outras sepulturas que cavaram na primavera e no outono anteriores. A menina fará com pauzinhos uma cruz para cada um deles e cantará uma música que inventou para se despedir das aves na temporada anterior de enterros. Ela começou a intuir que, mesmo em sua morte, aqueles corpos que viviam para desafiar a gravidade são companhia. Entenderá melhor nesse outono o que seu pai lhe explicou antes: que pupilas, corações, fibras e penas um dia se misturarão com a poeira cósmica para se tornarem copas, bagas e raízes. Que tudo que o cimento da cidade quer cobrir, as camadas de terra e barro que se revelam sob o pavimento quando os trabalhadores da companhia elétrica furam buracos na rua com suas máquinas, é estrela e frenesi, tendão e sangue e voo. Vestígio de incontáveis movimentos. Então ela se sentirá menos criança, um pouco mais perdida, menos disposta a acreditar que o mundo é só brincadeira e doces como prêmio.

Um ornitólogo que pesquisa as migrações de aves ameaçadas de extinção detectará naquela manhã em seu computador um estranho desvio na viagem iniciada em Vermont uma semana antes pela mariquita-azul que monitora há dois anos. O minúsculo dispositivo com geolocalizador, acelerômetro, magnetômetro e sensor de temperatura que ele incrustou no lombo azul da ave para decifrar a rota exata de suas viagens de e para a América do Sul relatará uma série de movimentos incomuns no sul de Manhattan e, em seguida, um leve retorno da ave à parte norte da cidade. A máquina, que deve ter sobrevivido ao baque do asfalto que extinguiu os desejos do pássaro, enviará seus sinais de um parque no Bronx. O cientista chegará ali alguns dias depois em busca de sua mariquita e irá se deparar com as pequenas cruzes sobre montinhos de terra que marcam o cemitério de criaturas. Ele vasculhará a terra e desenterrará vários pássaros para encontrar o geolocalizador que abraça o corpinho com asas azuis e uma nuca desengonçada por onde os vermes começam a se esgueirar. Notará o brilho que ainda refulge no peito branco da criatura que ele acha que é sua. Nunca saberá quem a enterrou lá, nem por quê, e terá dificuldade em aceitar que o pequeno pássaro que ele escolheu para acompanhar de longe em sua jornada de norte a sul, de sul a norte, de norte a sul e de sul a norte em todo o continente possa ser um cadáver chorado por outros. Que alguém mais o reclame sem saber nada sobre rotas, hormônios, estado de conservação, vias de extinção. Sem entender o quanto lhe custou pegá-lo e marcá-lo. Por um momento, ele cogitará ficar no túmulo da mariquita até que o dono do cemitério apareça para questioná-lo. Mas decidirá que não vai brigar por um punhado de ossos. Levará num saco esterilizado o pássaro decomposto com o sensor ainda alojado dentro dele e outras duas mariquitas que ele encontra enterradas nas proximidades, mas não antes de dar uma segunda sepultura para as outras aves em seus leitos eternos.

Quando o cientista enlutado congelar o cadáver da mariquita em seu laboratório, guardará algumas penas azuis e brancas em uma caixa de vidro em sua mesinha de cabeceira. Ao analisar os dados que o sensor conseguiu enviar naqueles dias, ele não terá como saber que perto dela, às vezes roçando-a, talvez, uma saíra-escarlate voou por algumas horas. Que a ave de asas negras passou pela ave de asas azuis e compartilhou com ela saudades do sul e cantos de estranheza e furor antes que uma delas morresse.

Arrebatada, a saíra consegue se salvar daquelas trevas. Circunda o edifício iluminado como uma escrava. Talvez anseie pelos sinais certeiros de sua carne que em outros outonos foram capazes de levá-la para o sul e se esquivar dessa armadilha. Quando o amanhecer vai atenuando o brilho elétrico da torre, o torvelinho de pássaros que resistiram ao intenso bater de asas se desintegra, como se os sobreviventes tivessem de repente encontrado a porta de uma gaiola que procuravam havia horas. A saíra também sai do cativeiro para enfrentar a ressaca. Sua carne treme, e talvez isso a aflija. Talvez a sede lhe rache a língua e o cansaço contraia sua cauda. Evitando despencar no chão, ela se detém em um parapeito de janela próximo. Parece vacilar. Salvou-se de aterrissar desfeita no chão de Manhattan atapetado de chicletes grudados e ossos de galinha, invadido por pés apressados e com joanetes. Mas é provável que ela não perceba a salvação dessa maneira. Talvez diante do reflexo de suas penas amarelas, avermelhadas e pretas, desgrenhadas e exaustas, ela desconheça o pássaro extenuado que o vidro à sua frente reflete. Por um tempo ela descansa ali espantada, como esperando que seus batimentos diminuam um pouco e a dormência comece a se dissipar. A luz da manhã ilumina o aço sob seus pés. Pode finalmente fechar os olhos.

É possível que algo seu tenha fenecido naquele desvio, mas não sua devoção à folhagem. Lutando contra o cansaço, ela voa em direção às árvores que se anunciam no terraço de um prédio mais baixo. Na cobertura do hotel, decorada com plantas ornamentais e espreguiçadeiras para banhos de sol, uma câmera de vigilância a filma quando se empoleira em um galho de sebe e toma água de um tanque. Não conseguirá registrá-la quando se mover pelos arbustos para o café da manhã, um besouro e duas mariposas, ou quando tirar o véu das pálpebras. A imagem de vídeo do pássaro viverá em um banco de dados no qual são mantidos registros de centenas de câmeras de uma empresa de vigilância. Será apagada um ano depois sem que ninguém a tenha visto.

Em suas travessias anteriores, a saíra sempre pôde percorrer enormes distâncias durante a primeira noite da viagem. Mas desta vez, recém-saída do caos, o vigor de suas asas não parece encontrar vínculo com sua carne. Talvez ficar parada por muito tempo em um galho desse terraço a ajude a encontrar a sintonia. Ainda faltam semanas para que alcance sua floresta nublada. Quem sabe o quanto a noite perdida a inquieta! Ou como a perfura a passagem do tempo, que para ela poderia ser um novelo de altura e estrelas que nunca entenderemos. Ou outra coisa.

— • —

Às 22h17, um radar de detecção de pássaros do Aeroporto Internacional Washington Dulles anuncia a passagem de centenas de animais voadores para o sudeste. A saíra vai entre eles, mas ninguém será capaz de perceber com precisão seu corpo inchado de energia, nem suas asas descontroladas que lapidam o ar. Da torre de detecção, a técnica de plantão primeiro nota a mancha laranja na tela do radar e, em seguida, confirma a aparição dos animais no monitor do sistema infravermelho inventado pelos israelenses para anunciar o perigo de todo tipo de artefato voador. Verifica que o alerta de invasão está prestes a ser emitido. Estuda os pulsos captados pelo sinal de radar e determina que o que vai interromper os corredores aéreos em poucos minutos são pássaros e não borboletas-monarcas, morcegos ou mariposas. Oscilação: 1.700 a 2.500 pés. Tamanhos variados. Envia a notificação de alerta para a torre de controle. Pensa que, afinal, estão em meados de setembro e se alegra pelo fato de que, embora suas costas doam todos os dias por ter de passar a vida sentada em frente aos monitores, graças a ela ninguém interrompe as viagens de ninguém, ou pelo menos quase nunca. Em outra tela, constata que a partida e a chegada dos voos foram suspensas por dez minutos e que a torre de controle ordenou novas altitudes para os aviões. É tomada pelo mesmo alívio que brinca com suas costelas quando os protagonistas da série de aventura a que ela assiste com o namorado nos fins de semana evitam o perigo em selvas e desertos. Nada melhor que um corpo redimido do risco de estar no lugar errado.

Mas depois aparece aquela tristeza que vai tomando veia a veia de seu pescoço desde a primavera passada, quando chegam os grandes bandos de aves e ela tem de emitir os alertas. A comichão que ela tenta ignorar, mas que a devasta, já que ela trabalha identificando corpos alados num aeroporto, apesar do bom salário e do plano de saúde. Há algo na veemência da revoada dos animais que a atormenta, mesmo que a travessia se traduza de forma tão oblíqua na tela. Esse fluxo sempre a faz evocar seus pais, que já completaram vinte e seis anos de sedentarismo forçado em Nova York desde que voaram do Equador para lá e ainda continuam sem documentos. Sentada em sua torre invencível, enquanto ajuda todos os demais a se moverem pelo ar, ela é perturbada pela lacuna entre o movimento de alguns e a quietude forçada de outros. Na noite anterior (quando a saíra se enredava no arranha-céu, a vinte e três quarteirões da cozinha do restaurante onde seu pai trabalha), a mãe confessou que não quer comemorar seus sessenta anos, embora todos estejam lhe perguntando sobre a festa.

— O que eu vou comemorar, hein? Que estou metida aqui em uma loja há um tempão passando as roupas desses gringos? Você sabe que a essa altura eu já deveria estar de volta a Cuenca, levando flores ao túmulo da minha mãe e ajudando sua irmã com a bebezinha.

E a filha bem-sucedida, aquela que nasceu nos Estados Unidos e conseguiu fazer faculdade, aquela que tem o dom de diagnosticar de quais criaturas são os corpos voadores no radar de última geração destinado a técnicos certificados como ela, sempre disposta a sustentar o sonho que os outros têm de cruzar o mundo pelos ares, segue sem saber como consolá-la.

— • —

A saíra voa com um arrebatamento que dilui suas cores, que não parece angústia, mas sabedoria. Procura copas densas povoadas com grilos de setembro, onde possa se recuperar do desvio. Em uma floresta nos subúrbios de Richmond, onde as folhas ainda eludem a morte escandalosa do outono que logo virá derrubá-las, um homem enorme com roupas camufladas percebe que ela se aproxima do riachinho no qual ele costuma sentar durante horas para observar os pássaros. Nos poucos segundos em que ele consegue vê-la através de seu binóculo em um galho de bordo, percebe que as penas amareladas da ave ainda conservam um traço do vermelho brilhante que ela vestiu para acasalar durante o verão. Parece mais magra do que as outras que ele viu em seus quatro anos de busca obsessiva por aves migratórias desde que voltou do Iraque e do Afeganistão e se aposentou como coronel do Exército. Ele é tomado pela tensão habitual, uma ardência na testa que atinge as têmporas e o enlouquece, a pequena crise produzida pela lacuna entre ver o pássaro com o próprio olho e encontrá-lo mais tarde com a lente, ou perdê-lo.

Só recentemente o homem conseguiu decifrar que seu fascínio pelos pássaros não nasce apenas das penas coloridas de alguns deles, que o deslumbram quanto mais vistosos são, nem da dança fogosa daqueles corpos minúsculos em voo (já viu máquinas enormes cortarem o ar e drones ligeiros com pretensões de pequenas criaturas que lançam bombas lá do alto). O que lhe provoca a perturbação mais doce é reconhecer que os pássaros percebem coisas que ele não pode nem mesmo contemplar. Os cantos complicados com que se chamam, que ele tem dificuldade em distinguir por causa da surdez deixada por tantas explosões de guerra. As cores que veem, que nunca serão as suas. O ar que ele jamais roçará dessa maneira (mesmo que tenha pilotado aviões de guerra), as árvores que apalpam do alto das copas, a noite transformada em movimento. Um universo que não pode ser transmitido nem pelos óculos de visão noturna do soldado, nem pelas câmeras de laser infravermelho com zoom, nem pelos drones que ele autorizou em tantas missões. Às vezes perturba-o saber que está dentro da mesma floresta e, ao mesmo tempo, tão longe dessas criaturas que prescindem dele e o governam enquanto cultivam sua respiração distante. Ele amaldiçoa e adora essa exaltação. Ele se recrimina por nunca tê-las notado antes de se aposentar. Lamenta as décadas que passou sem vê-las.

Aprendeu a aceitar que os pássaros corroam sua velha certeza militar de mapa, máquina e ordens. Como quando era capitão de um pelotão no Afeganistão e os binóculos e drones lhe revelavam algo que não pedia guerra. Mulheres em uma aldeia lavando roupas ou crianças brincando numa estrada. E ele sabia que aproximar o olhar com a poderosa lente era o passo fácil que poderia revelar a cor de suas íris, mas que nunca desvendaria bem as ordens de suas vidas. E, embora não tenha confessado a ninguém na época, no fim agradecia por enfrentar o desconcerto que lhe produziam aqueles corpos distantes que não lhe pediam proteção, muito pelo contrário. Insistiam em seus segredos, como agora fazem os pássaros na floresta, onde os procura diariamente.

A saíra bate as asas com rapidez até a copa de uma amoreira e se esconde atrás da folhagem, como se resistisse a que o homem tire uma foto dela com sua nova câmera de lente descomunal. Ele se decepciona de novo por não ter conseguido apertar o botão da máquina a tempo de conservar sua imagem. Tudo o que resta é o resíduo de manchas deixadas pelo corpo da ave em movimento. Ele, então, se contenta em registrar o animal em seu caderno de anotações ornitológicas.

> Scarlet Tanager — male, James River National Wildlife Refuge, 7h13 a.m.

Quando chegar em casa, ele a reportará ao banco de dados da internet que coleta avistamentos de observadores de aves, rastreia as rotas e estima a população das espécies de todo o continente. Também adicionará à lista um bicudo-de-peito-rosa, um suiriri-valente e dois turpiais de Baltimore (cujo nome ele sabe que é injusto porque são migratórios). Não reportará os demais pássaros que vê naquele dia, porque não voam distâncias tão longas ou desafiam as fronteiras que tanto preocupam os políticos em quem costuma votar. Esses não conseguem deslumbrá-lo.

Como está se tornando costumeiro, ele mostrará à guatemalteca que vem limpar sua casa há seis meses as fotos dos pássaros tiradas naqueles dias com sua câmera. Às vezes ele se envergonha da alegria excessiva que o invade quando as compartilha com ela, mas não quis decifrar o porquê. Ela lhe dirá *good*, pois quase não sabe inglês, e tentará pronunciar os nomes que ele recita para ela enquanto sua língua se enrosca. Ele vai querer lhe dizer que está tentando capturar uma saíra-escarlate em uma foto nítida há várias estações, mas que não conseguiu porque elas preferem os galhos altos das maiores árvores, e olhar para cima por tanto tempo lhe causa dor no pescoço.

Ela não fala inglês o suficiente para dizer a ele que também tem muita experiência nas longas viagens a tantos países, embora não em voos (nunca esteve em um avião), mas a pé e de ônibus e no teto de um trem e em caminhões de outras pessoas. Gostaria de confessar a ele, mas sabe que levaria muito tempo para usar o tradutor da internet, que toda semana, quando ele mostra fotos de aves migratórias, ela se pergunta quem teve de superar mais obstáculos, se ela e seu filho pequeno na recente viagem na qual cruzaram a fronteira até o Texas, esquivando-se de gangues e da imigração, ou um daqueles belos animais que driblam muros, trilhos, armas e papéis. Tampouco lhe dirá que ela também cultiva sua própria devoção aos pássaros. Que sente muita falta da papagaia que herdou da avó, que é como sua irmã porque cresceu com ela e não a vê desde que a deixou aos cuidados de uma tia em Zacapa quando veio para os Estados Unidos. Nem que se preocupa quando a tia a informa que a ave ficou em silêncio após sua partida. Nem que lhe manda mensagens de voz todos os dias pelo WhatsApp para que não morra de tristeza. Às vezes ela chora quando, no caminho para casa, percebe dentro do ônibus uma placa em frente a um pet shop oferecendo filhotes de papagaio por trezentos dólares. Isso tampouco ela conta.

Ele não pensará nos laços que essas viagens diferentes podem ter até três outonos depois, quando a mulher que tira pó de seu mundo deve partir a qualquer momento. Na manhã em que ela for deportada para a Guatemala no único avião no qual subirá em sua vida depois que seu pedido de asilo for negado, ele irá para a reserva bisbilhotar o entusiasmo dos pássaros que fazem escala em seu canto. Ele a evocará enquanto espera, com sua lente, que um pássaro desça para beber água no rio. Ele se perguntará se ela conseguiu levar consigo o binóculo que ele lhe deu recentemente ou se o deixou na casa da irmã com o filho. Intuirá que ela está aliviada por não carregar mais sobre a pele lacerada pela tornozeleira eletrônica que o juiz mandou instalar há alguns meses para monitorá-la, nem ter de correr para se conectar à tomada quando o alarme apita porque está com pouca bateria. Especulará sobre os belos pássaros que podem ser vistos na Guatemala, e virá à sua mente uma foto da estamenha-índigo que migra para a América Central naquela época e até agora ele só viu na internet. Prometerá a si mesmo viajar para lá em breve. Talvez então ele possa ver um quetzal pela primeira vez e, de repente, visitá-la também, embora os reencontros sempre o deixem nervoso.

— • —

Por céus serenos, a saíra sai um par de noites depois com um esvoaçar que é rebelião contra os centros. Sua leveza mascara esforço e compulsão. Sobrevoa pomares devastados onde carros abandonados e trailers enferrujam sem que ninguém pareça se importar. Atravessa subúrbios onde as árvores competem com mastros e bandeiras que anunciam margens que ela não respeita. Sobrevoa enormes conjuntos de casas idênticas com jardins planos onde as pessoas se esqueceram das árvores. No confinamento dessas mansões climatizadas, cercadas por prados podados onde as pessoas fantasiam com a conquista da folhagem, o extermínio de todos os bichos terrestres e o direito divino à propriedade, muito poucos anseiam pelas criaturas de fora. Quase ninguém quer se aproximar para tocar as plantas ou investigar a paciência do líquen ou enfrentar o destino de raspar a terra. Muito poucos sabem que existem pássaros ousados que em várias noites do ano se apropriam do céu, sem a permissão de ninguém.

Na Carolina do Norte, o radar usado por alguns cientistas para estudar os efeitos das mudanças climáticas nas aves é capaz de registrá-la junto com milhares de outras. Mas só consegue traduzi-la como um pontinho dentro de uma mancha que invade o mapa como um fio de água. Pixels que silenciam a urgência da peregrinação e trópico do enorme bando.

Coordenadas: 34.68853, -78.59514
Hora: 12h32 a.m.

— • —

Na corrida contra um mundo que se resfria e escurece, ela talvez anseie continuar, mas parece que uma premonição a refreia. Na manhã anterior à chegada de um furacão que sacode o mundo, a ave já calibrou o vapor, mediu o vento que bagunça as penas de sua cabeça e deu uma boa olhada nas nuvens espessas. Quando a tempestade atinge a costa e sacode troncos, carros, cartazes, fábricas, telhados, carretas e bandeiras, a saíra já está longe dali, com milhões de outros pássaros que se escondem da fúria. Em meio ao temporal, ela encontrou abrigo nas árvores que fustigam as paredes de uma antiga mansão de colunas desgastadas. Das fundações daquela casa de fazenda que já entrou na era dos escombros, as trepadeiras empurram, os fungos espalham seus esporos, e os galhos arranham vitoriosamente os tijolos. A saíra enfia o peito cansado no canto de um beiral, no oco já não habitado por um pica-pau, ao pé dos gorgulhos que devoram as vigas sem descanso. São três dias de bruma, inundações e refúgio. Às vezes consegue comer alguma aranha afogada. Outras vezes ela apenas espera, estoica, que a tempestade se dissipe.

— • —

Quando o trovão e a chuva diminuem, a saíra se empoleira sobre os ventos deixados pela tempestade para se impulsionar para o sul. Quem sabe o quanto lhe pesam os membros agora que emagreceu, e se é por causa da fome que ela para antes do amanhecer em um parque na cidade de Charleston. Sacia a sede em uma fonte coberta de lama viscosa e moedas. Sobe até o último galho de um velho olmo que roça a enorme coluna que abriga a estátua do sétimo vice-presidente do país. Não parece se incomodar com o furioso homem de bronze que compete com as árvores e vigia tudo de um lugar muito alto. Mancha com seus excrementos os liquens que revestem a casca da árvore. Como se estivesse recuperando o fôlego, ela espera a chegada do dia que se anuncia límpido.

Em seu repouso de altura, talvez não veja — ou talvez não lhe importem — as três mulheres encapuzadas que debaixo dela sobem à base do monumento para marcar as pedras do pedestal. Mas talvez o cheiro desconhecido dos aerossóis que elas esvaziam perturbe a paz de seu bico, e é por isso que se inquieta.

TAKE IT DOWN! [CAIAM FORA!]

FUCK CALHOUN! [FODA-SE, CALHOUN!]

RACIST STATUES GOTTA GO! [ABAIXO AS ESTÁTUAS RACISTAS!]

Será que ela, que sabe ver outros brilhos e espectros, será capaz de detectar a explosão de tinta vermelha que as mulheres jogam na placa que nomeia o prócere defensor da escravidão? A câmera do celular de uma delas filma tudo do chão, mas não consegue capturar o pássaro que, no alto, parece inflamar suas carnes de novo. Não consegue registrar o molejo das fibras que talvez se debatam entre dormir e vigiar e consumar o desejo por formigas.

A saíra se assusta com a sirene da polícia que uiva e interrompe o alvorecer com flashes azuis. Então ela sobe até a última copa, como se aquele leve esvoaçar a ajudasse a encontrar o impulso de que precisa antes de decidir se vai a outro lugar para diminuir seu cansaço. Como se tentasse decifrar cada onda que sobe até seu galho, balança a cabeça, gira-a, abaixa-a, dobra-a, inclina-a, talvez para sopesar os gritos das mulheres que saem correndo e os estrilos das viaturas policiais que se aproximam. Cruza o parque até uma palmeira na outra esquina e começa a procurar comida.

O drone da polícia que se eleva acima das árvores para vigiar o parque quando já amanheceu não a detecta. Talvez ela perceba que o zumbido do inseto metálico que sobrevoa as copas é um sinal de perigo quando se intensificam os chilreios das gralhas-azuis. Interrompe a caça de insetos. Sobrevoa uma rua e alguns edifícios até repousar num dos grandes carvalhos que vivem há centenas de anos aos pés da prefeitura.

No parque que ela deixou para trás, uma águia-pesqueira grasnará furiosa, estendendo as asas de dentro do ninho que construiu entre os pés de bronze da estátua, e se lançará ao pássaro elétrico que invadiu seus domínios sem permissão. Arremeterá com seu bico de gancho contra as hélices e o arranhará com suas garras afiadas até derrubá-lo. A arenga da máquina se apagará, e depois de um tempo tudo voltará ao seu agito matutino. No quarteirão seguinte, a saíra procura novas cascas.

— • —

Por um tempo, ninguém a vê. Tampouco a detectam as máquinas do mundo. Sobrevoa estradas repletas de carros insones que interrompem florestas e lagos. Casas com jardins bem cuidados que ninguém parece habitar e outras que foram tomadas pela sucata. Quadras iluminadas, estacionamentos sem carros, cidades pequenas. Armazéns enormes e pequenos, fábricas com grandes chaminés. Enormes plantações de tomate, de milho, de árvores frutíferas. Florestas contidas em quadrados perfeitos. Pastagens cheias de máquinas velhas das quais ninguém mais se lembra. Lotes cheios de carros novos à espera de um dono.

Talvez alguém sinta certo alívio ao constatar que milhões de pássaros peregrinos escolheram a noite e não o dia para viajar. Dessa forma não precisam ver tantas cicatrizes de terra, tantos aviões com propaganda, tanta areia roubada dos fundos, tantas rodovias que não são mais rios, tantas máquinas madrugando para escavar ossos velhos e recentes. Ou talvez já intuam, do alto, de alguma forma, tudo isso?

—•—

A saíra precisa de uma floresta para ressuscitá-la antes da inevitável travessia pelo mar. Como milhares de outros pássaros, ela aterrissa no final da península em uma copa de uma legião de árvores teimosas que se rebelam contra o arsênio, o chumbo e os pesticidas. Quem sabe possa senti-las burlar os produtos químicos que chamuscam suas raízes e esvaziam sua vontade fractal e de altura. Como ela desconhece o sinal de perigo na estrada que indica que os venenos estão se infiltrando ali, a saíra beberá a água das poças que se formam na lama tóxica durante esse descanso. Deve ser especialista em provar a têmpera de cada água e o tipo de barro que a condimenta. Quem sabe desta vez detecte ali amargor e resinas desconhecidas. Já provou antes águas cheias de sedimentos em chamas que podem ter feito sua barriga doer e queimaram alguma de suas vísceras. Quem sabe se já se resignou a elas.

Na manhã em que a saíra desce para a floresta desafiadora aos pés do Centro de Acolhimento de Menores Migrantes de Homestead, a oficial encarregada da inspeção matutina daquela prisão para crianças que cruzaram o que alguns chamam de fronteira estuda com atenção os monitores das câmeras de vigilância. Tem sido instada a estar mais vigilante do que nunca desde que uma menina hondurenha escapou da prisão na semana anterior e acabou pedindo pousada em um criadouro de avestruzes na região.

Na câmera 1, cerca de cento e cinquenta crianças uniformizadas fazem fila na área das quadras de futebol que margeia tendas e prédios. Elas se preparam para o exercício matinal antes de serem levadas para os galpões pelo resto do dia. Quatro homens lideram os meninos, que lutam com passos de autômatos contra uma força que parece empurrá-los para trás. (Espectadora assídua de filmes de ficção científica, a mulher imagina que há uma corrente eletromagnética de outra dimensão que os faz retroceder à medida que avançam. Pensa em como essas crianças se parecem pouco com seu próprio filho, sempre tão disposto a correr para todos os lados toda vez que uma porta se abre.)

Na câmera 2, uma fileira dupla de cerca de duzentas e cinquenta meninas de diferentes idades, enfileiradas por estatura, uniformizadas e usando boné laranja. Percorrem um caminho delimitado por cercas de barricadas que as levam ao grande galpão do refeitório. Dez mulheres coordenam a marcha.

Na câmera 3, um grupo de cerca de cem meninas uniformizadas, lideradas por dez oficiais, em uma fila lenta perto da área dos banheiros químicos. Lá, três mulheres as levam para fileiras menores para usar os banheiros. Algumas meninas usam o boné laranja como um leque. (A mulher se alegra por ter deixado o emprego no viveiro que vende plantas pelo correio e agora está no escritório com ar-condicionado, onde evita a umidade insuportável de setembro.)

Na câmera 4, vinte e sete meninos e trinta e seis meninas fazem fila no estacionamento do Centro (quando há menos de cem indivíduos, o *software* informa o número exato de corpos e faz reconhecimento facial). Cada um carrega uma sacola na mão. Cinco homens os escoltam até o ônibus com uma placa que diz Department of Corrections [Administração Penitenciária]. (Ela sabe que essas são as crianças que serão entregues a um parente enquanto seu caso de asilo é analisado. Como já lhe aconteceu antes, ela se alegra por eles e por um momento deseja-lhes que tudo corra bem, mas depois pensa nas palavras do presidente, que sempre repete que o país não pode se tornar um santuário de intrusos e criminosos, e se contém.)

Na câmera 5, um grande grupo de crianças é forçado por sete adultos a formar uma fila no pátio adjacente aos dormitórios. Eles as preparam para levá-las ao galpão das salas de aula, onde tomarão café da manhã. Várias estão inquietas e não respeitam a fila. (Ela sabe que, com a chegada do novo grupo de crianças na semana anterior, não há mais espaço no refeitório.) Doze garotos que aparentemente estavam tentando ficar para trás são forçados a entrar na fila.

Na câmera 6, quatro galpões vazios cheios de fileiras de catres onde os meninos passam a noite. (Sempre que vê essa tela, imagina como seria difícil para ela dormir em um lugar assim.)

Na câmera 7, o minúsculo escritório destinado às visitas de advogados. (Ela não descobriu o porquê, mas há algo que a alivia quando vê que quase sempre está vazia.)

Na câmera 8, a enfermaria onde duas crianças sozinhas dividem um catre, cada uma com a cabeça em uma extremidade diferente. (Ela volta a se perguntar por que cortaram o turno da enfermeira, que agora só chega ao meio-dia.)

Na câmera 9, a rua que separa o centro da floresta densa onde os pássaros descansam antes de continuar seu caminho. As mesmas treze velhas que protestam há meses com seus cartazes e sombrinhas estão na calçada.

FREE THE CHILDREN [LIBERTEM AS CRIANÇAS]

NO HUMAN BEING IS ILLEGAL [NENHUM SER HUMANO É ILEGAL]

END FAMILY SEPARATIONS NOW [FIM DAS SEPARAÇÕES FAMILIARES JÁ]

KIDS DON'T BELONG IN DETENTION [CRIANÇAS NÃO PERTENCEM À PRISÃO]

CLOSE THIS CONCENTRATION CAMP [FECHEM ESTE CAMPO DE CONCENTRAÇÃO]

(Gosta que a câmera seja tão potente para permitir que ela aumente o zoom e leia os cartazes. Observa que o dos campos de concentração é novo e que as mulheres também puseram pela primeira vez uma grande gaiola de metal com uma boneca lá dentro. Lança os impropérios de sempre. Sonha em gritar algo para as mulheres quando passa por elas a caminho de casa. Não percebem que estamos protegendo sua liberdade? Mas não fará isso. Apenas dará um olhar atravessado e balançará a cabeça. Na reunião de funcionários no fim da semana, voltará a insistir que a gente que protesta está desmoralizando os funcionários e atrapalhando seu trabalho. Que a polícia teria de fazer alguma coisa para tirá-los de lá. Vários concordarão com ela.)

Na câmera 10, a vista para o chão revelada pela câmera da torre de rádio da Alfândega e Proteção de Fronteiras. Como sempre, a imagem está obscurecida pelas manchas de merda das centenas de urubus que dormem, vomitam, urinam e defecam na estrutura todos os dias. Alguns deles podem ser vistos empoleirados nos trilhos de metal, se preparando para começar a caçada do dia.

Na câmera 11, que foi recentemente instalada sobre a principal torre de vigia do centro e permite uma visão panorâmica de todo o perímetro, centenas de pássaros atravessam o campo gradeado que começa a encher-se de crianças. Seu voo veloz os torna difíceis de detalhar. Ela nunca viu diante das câmeras, ou com os próprios olhos, tantos pássaros irrompendo no céu desde que começou a trabalhar lá, há alguns meses. (Ela se pergunta se alguma calamidade se abateu sobre eles. Ou são um sinal de que algo está por vir? Consultará o pastor no domingo seguinte, quando for à igreja. Ele recitará uma parte da Bíblia que diz: "Nem em pensamento amaldiçoes o rei, não amaldiçoes o rico, mesmo em teu quarto, pois um pássaro do céu poderia levar a voz, e um ser alado contaria o que disseste". Ela terá dificuldade em entender o que isso tem a ver com sua tela invadida por manchas fugazes durante toda a semana. Depois de alguns dias, qualquer interesse em decifrar o bando desaparecerá, assim como as ondas derretem os castelos de areia que seu filho constrói quando o leva para a praia.)

No primeiro bando de pássaros que atravessa as quadras da prisão está a saíra, mas suas asas batem rápido demais para que a mulher detalhe o corpo em transe de um dos milhares de criaturas em propulsão que interrompem a imagem completa da quadra e a coreografia obrigatória das crianças do Sul que não imaginavam que era assim que o Norte seria. Talvez nenhuma criança perceba os pássaros naquele centro de detenção onde sua vida errante fracassa. Não porque desgostem de criaturas aladas (pode ser que muitos anseiem pelo canto de algum pássaro em outra terra), mas porque o cansaço que afrouxa seus tendões e a angústia de alguém que os procure sem encontrá-los estão exaurindo sua vida. Com que vigor inclinar a cabeça, ver o céu aberto e ardente e lembrar que o trajeto ainda não acabou?

Durante dias, do alto do clã de árvores rebeldes, a saíra acompanha sem querer as crianças encarceradas enquanto bica diligentemente, devorando frutas, besouros, formigas e cupins com voracidade descomunal. Amontoa no ventre asas, patas e antenas de insetos. Um par de vezes atravessa o campo árido aonde as crianças são levadas uma vez por dia para tomar sol. Depois de duas semanas devorando, o peito próspero e o flanco cheio parecem avisá-la que a trégua acabou e que ela deve continuar. Aproveitar os céus tranquilos.

— • —

É impossível saber como faz para atravessar o mar sem parar por tanto tempo. Nem de que é feito o impulso que a lança com tanta entrega por entre os vapores do oceano. Que potência lhe dita que ela pode sobreviver apenas com a energia dos insetos e das bagas. Que entusiasmo se aloja em suas asas e lhe assegura que o poço gigante sobre o qual ela bate as asas por dias e noites não é o fim do mundo inteiro, mas um sopro que anuncia o início de novas floras. De onde vem a chama visceral que a convence de que pode enfrentar qualquer tempestade? São tempos de propulsão furtiva. Estelar e magnética. Quem sabe — e isto, nunca saberemos — se feliz.

Ultrapassa os barcos da guarda-costeira e outras embarcações pesadas que insistem em sua fantasia de dominar as águas. Quem sabe se ela os percebe de cima, enquanto cintilam com uma luz órfã que quer distraí-la das estrelas. Em uma floresta nas Ilhas Cayman, ela para durante o dia com milhares de outras aves para escapar de um temporal que quase irrompeu enquanto voava. Ao entardecer, escapa da perseguição de um falcão-peregrino que mergulha para engolir uma cutia no mesmo galho da árvore onde ela espera. Talvez vários alívios inundem seu peito quando pousa em outra árvore. Caga. Antes do anoitecer, traga uma libélula, três besouros e várias formigas.

Quando recupera seu rumo em mar aberto, passa por cima de um crocodilo fugitivo que nada para o norte em busca de uma ilha. Nenhum deles verá o outro, é claro, ocupados como estão em varrer os horizontes opostos do ar e da água. Não é preciso um olho cósmico para entender que, em algum momento da noite, naquela intimidade dos fluidos, o pássaro e o réptil se conectam. Ela, batendo as asas com avidez em busca da terra seca onde a floresta montanhosa a espera. Ele, batendo as patas furiosamente em busca de uma margem que fica longe do rio onde queriam esfolá-lo para vendê-lo como carteira. Ambos também vinculados por aquele fluxo de águas turvas onde o crocodilo agitou sedimentos e história para desembocar no mar desconhecido, que é o mesmo que a ave terá de atravessar para encontrar repouso nas montanhas que vivem das brumas daquele rio.

— • —

Chega às selvas de Darién depois de muitas horas atravessando nuvens que abrigam mares agitados, talvez famélica e sedenta, mas a salvo de novas tormentas. Talvez, quando ela descer às copas trançadas, seja recebida por muito rumor e zumbido e chiado, assobio e ululação e grito, e cacarejo e grasnido e gotejamento que nunca se agita da mesma forma nas florestas mais parcas do norte. Talvez a entusiasme de imediato a explosão impaciente da fruta que parece ter amadurecido apenas para acolher milhares de arrivistas como ela naquela época.

De repente o emaranhado de fibras, onde tudo se raspa e se invade, e é mordisco e bocado de alguém mais, lhe anuncie a possibilidade de uma guarida. Talvez o mundo viscoso, povoado de barro e musgos, impregnado de seiva e esporos, onde tudo exibe sua potência com barulho e aroma, anuncie que restam poucos dias de trajeto. Não parece ser perturbada pela chuva que rola o tempo todo pelos caules daquela tribo de plantas e fungos onde a cumplicidade é selada e desfeita o tempo todo. Nem os pingos que lhe acariciam a nuca e depois descem para lamber os troncos e enlamear o lodo, para inchar os rios e aguçar as rãs. Parece estar à vontade com as águas e a bruma que sustentam o trajeto das árvores entre as raízes e o céu.

No segundo dia de descanso e banquete, a saíra escapa do ataque de um louva-a-deus camuflado no mesmo ramo do mogno que frequenta, pronto para devorar o cérebro de suas presas. Quem sabe a ave se lamente de ter tido de abortar a caça ao escaravelho que pôs seus ovos nas proximidades. Talvez por ser precavida, ela não volta a se empoleirar naquela árvore. Ou talvez haja outra razão.

Poucos dias antes de partir, quando termina de encher a pança para poder continuar, ela se assusta com a turbina de um teco-teco que roça a abóbada da floresta. Talvez não note os raios do sensor a laser de medição de distância que duas cientistas do Observatório de Árvores Antigas apontam para as copas para detectar o tamanho das árvores mais altas e reportar o carbono que elas armazenam. O aparelho não a perceberá empoleirada no galho de um cocobolo. O xamã emberá que trabalha para as cientistas como guia olha pela janela para todos os pássaros que voam por causa do avião e se preocupa que a máquina esteja perturbando em demasia as mães dos animais, os espíritos da água e das plantas aquáticas, todas as criaturas que vivem ali e também são as almas de seus defuntos. Preocupa-o que ele esteja perturbando daquele lugar o urubu-real que abre as portas para o mundo de cima. Ele tenta, mas é difícil que consiga ver daquela janela e a essa velocidade quais são os pássaros que estão voando desnorteados por causa do teco-teco. Imagina que são

kewarás
kumbarrás
sorrés
pipidis
widó-widós
jue-jues

Ele se pergunta se o motor com asas que deixa os pássaros alvoroçados é capaz de desordenar seus voos e cantos até romper o vínculo que eles mantêm entre os vivos de todos os mundos. Se o sobressalto impedirá que as aves continuem anunciando com certeza a cheia dos rios, a chegada das chuvas, a visita da iguana, a gravidez das mulheres. Sente o horror de não estar fazendo nada para evitá-lo.

Tenta com dificuldade decifrar lá do alto as espécies de árvores maiores cujas zonas foram previamente apontadas por um satélite, mas que ele agora se comprometeu a nomear. Ele, que escalou tantos troncos desde a infância e se agarrou a tantos ramos, que falou com os espíritos da selva e conhece as almas curativas de folhas, raízes e sementes, que alucina redes subterrâneas e galhos e olha para cima há cinquenta anos, que em seus poros reconhece as diferentes águas que o ar carrega, os fundamentos dos barros e das raízes, a qualidade dos sopros que as folhas das árvores lançam quando estão preocupadas ou satisfeitas, agora duvida reconhecer sua própria selva. Nas expedições a pé, ele já identificou para as cientistas os espavés, os bongos e as amendoeiras de montanha mais antigos que conhece perto de sua reserva atual. Mas agora, longe do barro que os sustenta e das sementes que são seu futuro, com o rugido do teco-teco que se sobrepõe ao rumorejo de toda criatura, no recinto de plástico que anula os cheiros da terra, àquela altura que não lhe pertence, o xamã fica desorientado.

A saíra sai em debandada com muitos outros devido à comoção pelo teco-teco. Quando o piloto anunciar que eles estão se aproximando da fronteira com a Colômbia e devem dar meia-volta, o homem evocará novamente sua árvore de Salaquí, do outro lado desse limite imposto pelos outros, onde vivia antes que a guerra o forçasse a fugir para o Panamá com o resto de seu povo. Ele interromperá a conversa das cientistas sobre carbono, sensores e satélites para contar sobre o enorme espavé do barranco de Jurachira que protegia a reserva onde nasceu. Em seu espanhol acidentado, descreverá o tronco grosso e reto que é maior do que qualquer outro que elas já mediram. Comparará suas raízes com muralhas. Dirá que nunca mais viu ninguém como aquele ser de tronco longo e macio que evita o infortúnio apesar dos séculos. Seus avós de carne e osso ensinavam que esse parente frondoso já estava cuidando dos ancestrais antes que os kampuniás chegassem para colonizar. O espavé foi a torre de vigilância do povo quando os brancos apareceram com seus cavalos e seu desejo de guerra. Contará que, desde aquela época trágica, cada pessoa mais velha deve recordar aos outros essas coisas em suas histórias.

— A árvore de Salaquí, essa minha avó, é mesmo uma sábia.

Uma das cientistas lhe explicará que, das cinquenta e duas árvores que detectaram naquela manhã, há provavelmente várias que têm entre três e seis séculos de idade. Prometerá que, quando computarem os dados, terão um modelo e uma estimativa de quantas vivem ali desde antes de Colombo. Que divulgarão a notícia em jornais e revistas e que isso vai ser bom para a floresta. A mulher lamentará não conseguir atravessar a fronteira para medir o espavé. Ele se lamentará de não poder acariciá-lo.

Por um momento, o homem ficará grato que alguém lhe diga que a árvore da qual se exilou é sua, mesmo sabendo que isso não é verdade. Imaginará a alegria que teria ao esfregar-se em sua parenta, descobrir se a seiva aromática ainda chora, se suas folhas moídas ainda cheiram a fruta doce, se continua a mudar cada uma de suas partes com tanto afinco na longa passagem do tempo. Vai se perguntar mais uma vez se ainda acompanha sua gente ou se se sentiu abandonada desde a debandada. Se alguém veio para tentar derrubá-la ou pegar o cosmos que anuncia em suas sementes. Ficará aliviado que as mulheres cientistas não meçam isso, mesmo que não diga nada a elas.

O teco-teco retorna ao norte sobre a abóbada de folhas e o limiar de pétalas que a saíra percorreu um pouco antes para o sul, em busca de comida e menos barulho. O xamã a sente ali, ela e tantos outros, como faz com antepassados e parentes, mesmo que não consiga vê-la.

— • —

Depois de uma semana de insetos e frutas que enchem seu peito novamente e engrossam seu pescoço, zarpa para o sul para cruzar as densas ondulações da selva. Quem sabe se no escuro a ave notará as cicatrizes do chão onde os mineiros arrasaram a floresta para varrer o brilho da terra. E, mesmo que não saiba que é ouro que eles buscam (nem compreenda em sua vida de aromas e flores o que é a imortalidade do metal para as pessoas), talvez possa perceber que o solo transpira desamparos. Talvez perceba a queima de mercúrio e a perplexidade de fungos e raízes, e o vigor milenar das árvores que lutam para recolonizar a terra erodida. De repente, não consegue ver sob as copas os raios das lanternas das pessoas que vieram da Venezuela, de Cuba e do Haiti, atravessando a selva para seguir para a América do Norte. Nem a respiração exausta dos cães que viajam com alguns deles de tão longe.

— • —

A viagem é sul e também subida. Acompanhar a selva para escalar os primeiros brotos da cordilheira. Elevar-se pelos mantos impacientes do fundo da terra que há milênios querem raspar o sideral. A saíra amassa o ar nublado com suas asas, aperta a cauda e aponta a coroa para o alto para subir pouco a pouco aquela face do chão que se ergue, coberta de densa floresta e nuvens, anunciando o fim da planície. Como se suas asas aceitassem a tenacidade de tantas dobras. Talvez, quando ela perceber que o mundo se tornou uma ruga, intua que está mais perto das copas, onde finalmente poderá se deter por meses.

Ao alvorecer, quando o cansaço a atingir, ela precisa discernir onde encontrar a paz entre os muitos cemitérios de raízes que agora interrompem as florestas. Vai notar que na viagem anterior aquele campo era mais verde e arborizado? Alguma tristeza vai tomar conta dela? Ela não parece gostar de nenhuma das árvores solitárias que resistem no meio das pastagens de vaca e das plantações. Sobrevoa até encontrar um pedaço de manto espesso que sobrevive no meio das montanhas esculpidas no sopé de Dabeiba, a aldeia que brota nas proximidades, entre as montanhas que espreitam. Ela entra na floresta antiga que desce para um barranco selvagem. Do alto dos galhos, as luzes podem ser vistas ao longe, anunciando aquela hora estranha em que os humanos querem mais noite, mas o cosmos a nega a eles.

As rajadas das metralhadoras explodem nas proximidades. Talvez ela pense que são trovões de uma tempestade sem vento e conclua que a fome e a sede devem primeiro ser atendidas e a vitalidade que se desintegra deve ser alimentada. Quando o helicóptero passa sacudindo a calma úmida dos galhos, a saíra interrompe sua caçada para tensionar os dedos no caule e lutar contra o remoinho de vento, até que a máquina finalmente se afasta. Apesar da desordem de suas penas, talvez sinta alívio quando volta a ouvir o alvoroço da floresta, a persistência da cigarra e do grilo, mesmo que o som das armas ainda ecoe em outra montanha próxima.

Depois o teco-teco chega para interromper seu café da manhã com o estrondo e o jorro de uma chuva branca e fina. A maior parte do veneno cai sobre as plantações, mas as gotículas também atingem as árvores que se salvaram do desmatamento, onde a saíra se recupera. É o orvalho tóxico que arde na carne e turva as pupilas. Rega que deixa as asas pegajosas, reveste as bagas, muda o sabor das coisas e machuca a língua. Charco acre no qual se suja o ferro que leva eras acariciando a água. Amargura mordaz. Dor, talvez?

De novo, tudo volta ao seu crepitar quando o teco-teco se afasta. A ave faminta por insetos voa até uma árvore ceiba centenária que margeia o rio. O rugido com que a água lambe as rochas pode abafar para ela as vozes de uma menina, sua mãe e sua cachorra que chegaram perto dali para banhar seus corpos e remover o veneno. A mãe sai do rio e deixa a água escorrer de suas roupas enquanto chuta as pedras com raiva.

— Agora eu entendo por que a coruja listrada cantou ontem à noite.

— E o que ela disse, mã?

A garota pega a cachorra relutante e a obriga a entrar na água com ela.

— Então você não sabe que, quando a coruja canta, é porque os perigos estão chegando? Isso é infalível. Achei que ela estava anunciando que o câncer da sua tia ia piorar. Se eu soubesse que era que os filhos da puta dos milicos vinham fumigar nossas plantações!

A menina se pergunta o que significa infalível.

— E se lavarmos as folhas, mami?

— Não, filhota. O estrago já foi feito. A coca vai murchar hoje mesmo. Espere e verá que todo o resto vai se estropiar também. É assim com esses imbecis que o governo envia. Eles vêm e destroem tudo num piscar de olhos.

— Bem, vamos procurar um tucano.

Recentemente, o avô dissera à menina que beber água de uma vasilha da qual um tucano bebeu melhora sua sorte. Tornou-se um hábito para ela tentar confortar a mãe sempre que a vê irritada com coisas que deveriam deixá-la triste.

— Até parece.

— Sério, mami, não é brincadeira. Você não viu tucanos por aqui? Se eles vivem nessas árvores, tenho certeza de que vão descer para beber água do rio. Nós bebemos dessa água e você vai ver que as coisas podem ser consertadas. Ou pelo menos melhorar um pouquinho. Vamos lá, vai.

— Nem pense em beber essa água agora. Você não vê que os aviões podem estar fumigando rio acima, que está cheio de plantações por lá? Além disso, não vemos um tucano por aqui há algum tempo.

— E os tucanos se assustam com os aviões?

A mãe não responde e ordena que ela se distraia procurando beija-flores. Já ensinou à filha que os ver em voo pode ajudar a melhorar o destino.

Rio acima, a saíra chapinha inquieta em um pequeno poço formado pela água. Talvez se sinta mais leve ao lavar a resina que endurece suas penas e o cheiro amargo do veneno que foi pulverizado sobre ela. Rio abaixo, a menina caminha pelas rochas, espiando entre as árvores, até se cansar de encontrar nada além de mosquitos, borboletas e vespas. Quando o rugido de um helicóptero que ela sabe ser de guerra diminui, ela ouve tantos gorjeios que supõe que entre todos esses pássaros haverá um que anuncie coisas boas.

Meses depois, quando mãe e filha tiverem trancado a casa a cadeado, abandonado a lavoura mirrada, vendido a vaca e as duas galinhas e se mudado com a cachorra para uma tia em Medellín, a menina pensará todas as noites na floresta onde costumava se esconder com os primos e no rio que frequentou até o dia dos venenos. Evocará a água que retumba no leito do rio quando acompanhar a mãe para vender minutos de celulares e tranqueiras no parque dos Pés Descalços e achar ridícula a agitação das crianças da cidade que brincam sem sapatos nas fontes. Ela vai querer se gabar de conhecer bem um rio, dizer que há tucanos e beija-flores por lá e que esse parque não é nada perto das águas vigorosas de sua vereda. Mas, no fim, ela apenas os olhará com raiva lá do seu canto.

Um dia ela se deparará com um verdadeiro tucano no refúgio de animais silvestres, aonde será levada em uma excursão pelos professores da fundação que apoia crianças exiladas. Diante dessa visão perturbadora, verá no mesmo refúgio outras criaturas que escaparam da calamidade. Ficará aliviada porque a onça resgatada parece contente em não ser mais o animal de estimação de um traficante, embora seu novo campo também tenha cercas. Que o urso-preguiça pareça calmo, mesmo que o caminhão que o atingiu na estrada só tenha lhe deixado três patas. Que as sete tartarugas morrocoy nadem à vontade pelos canais de água do refúgio depois de anos vivendo confinadas em vasos e aquários. Que a iguana suba agilmente em uma laranjeira em vez de passar os dias tentando ignorar as pedras que os turistas jogavam nela na gaiola de um hotel em Capurganá. Que os macacos-prego, e especialmente aquele cuja mão foi mutilada, saltitem nos galhos em vez de serem acorrentados aos braços dos homens que queriam vendê-los na estrada para Urabá. Que a arara-azul de bico quebrado não precise mais encarar seu carrasco ou sonhar em se livrar da corda com a qual permaneceu tanto tempo amarrada a uma cerca. Que os papagaios amazônicos possam se consolar, no momento, enquanto são soltos de novo, com as árvores que crescem sob a rede, depois de terem suportado duas semanas de escuridão entre caixas que tombavam em aviões e caminhões e escaparam de serem enviados para a Europa no porão de um navio carregado de açúcar.

Só no fim, quando a menina quiser sentar e chorar em algum lugar, é que o notará empoleirado no galho de um espavé, com o bico colorido e descomunal, que irrompe descarado do rosto amarelo. Uma espada que parece puro artifício, como se o corpo do pássaro existisse apenas para sustentar aquele escândalo. Espantada, ela se pressionará contra a cerca para observar como o pássaro destroça um mamão papaia enquanto zomba de toda camuflagem. Ela admirará as manchas vermelhas, laranja e azuis que interrompem o verde do bico como se ali estivessem prestes a nascer outras cores que ela nunca viu. Ela se perguntará se alguém pintou com um pincel as listras tênues que o atravessam, e se o pássaro bebe sangue todos os dias para tingir sua ponta tão vermelha. Pensará que o bico é uma tesoura poderosa capaz de podar qualquer flor, que é caixa mágica, navalha rainha. Invejará aquele estojo que guarda uma língua comprida e pode experimentar de tudo à vontade, como ela não pode.

Ouvirá absorta quando o guia explicar que essa fêmea de tucano que agora se chama Guapa foi encontrada no início deste ano no estacionamento de um shopping em Medellín. Perguntará quando será libertada e ficará triste ao saber que não conseguiria sobreviver na floresta depois de viver tanto tempo na cidade.

— E ninguém pode adotá-la?

O guia vai rir. A menina procurará com urgência, sem encontrá-lo, o bebedouro em que o tucano mergulha suas cores. Sentirá uma tremenda vontade de beber a água que toca aquele bico e um apetite feroz de arrancá-lo para acariciar o mundo e coçar sua pele e, assim, misturar todos os sucos. Pensará que, quando crescer, trabalhará resgatando animais roubados e salvará animais silvestres daqueles que os roubam das florestas para vendê-los sem permissão. Naquela noite, explicará à mãe que será uma policial especializada em proteger criaturas, não do tipo que destrói plantações. O que ela não confessará (por medo de que a mãe lhe tire a ilusão) é que quer fazer isso para resgatar um tucano que qualquer dia sofrer um cativeiro injusto e, assim, poder compartilhar com ele a água milagrosa que transmuta seu bico. E, então, recuperar a boa sorte.

Rio acima, entre os galhos cerrados e as frutas estouradas, a saíra se afasta cada vez mais da mulher e da filha. Depois de satisfeita, ela se retorce e abana as asas para examinar as penas e limpar-se dos parasitas que foram se alojando ao longo do trajeto. A menina e a mãe esperam a tarde toda na margem de espuma, no meio da fina chuva, entediadas de espantar os mosquitos, até que os helicópteros parem de ser ouvidos e as corujas cantem. Em seguida, empreendem com a cachorra o regresso à casa envenenada. Como se tanto trovão tivesse interrompido seu ímpeto, o pássaro fica roçando mais um dia contra a folhagem rebelde daquela floresta onde tudo pulsa e é testemunhado. Talvez esteja confusa com a guerra que continua a rondar por perto. Vendaval que não cheira a clorofila e não lambe o revés das folhas. Estranha fumaça. Barulho esporádico. Fluido branco.

— • —

É trabalhoso alçar-se sobre o vaivém das montanhas que sobem cada vez mais alto. Quem sabe como ela encontra ânimo para escalar as espinhas dorsais de uma terra que se dobra, afunda, arqueia e se congrega. Sobrevoar rios enormes que se vislumbram em vales distantes. Avistar riachos que desafiam a subida dos picos. Sulcar fiapos de nuvens que gravitam em direção às encostas e ficam presos nos galhos para se sacrificarem a elas. Aspirar um ar que se aligeira e faz o coração trabalhar mais do que o necessário.

Por sorte, a saíra evita o grande brilho de Medellín, que resplandece em um dos flancos ao longe. Outras aves não conseguirão evitá-los. Como quase sempre em outubro e abril, envolvem-na as nuvens belicosas da cordilheira. É impossível saber se os relâmpagos que ela vê explodir nas montanhas ao redor lhe produzem algum temor. O rio Magdalena se anuncia na madrugada, quando o pássaro deixa para trás os cumes mais íngremes do périplo. Talvez perceba lá de cima a abundância plácida do vale. Talvez ignore que essa corrente de água, resignada a dissolver a vida em sedimento, está exausta de arrastar lama e ossos. Crava a coroa para domar o ar que vai se espessando em sua descida. Talvez seja porque o rio é margeado por tantos campos e lama que, apesar da fadiga de cruzar duas cordilheiras, o pássaro posterga a aterrissagem até as colinas arborizadas que anunciam o início de novos picos na orla do vale.

Durante dois dias, descansa em uma floresta que se empenha com fervor em repovoar a ampla morada que anos atrás lhe foi roubada pelas plantações e pelas vacas. Devora a fruta que rebenta nas árvores de guamos, de café, de abacates e goiabas. Será que ela sabe quais são os outros pássaros que acabaram de chegar lá como ela? Será que detectará suas potências errantes? Vai senti-los como iguais?

Na noite em que zarpa de novo, encontra milhares de pássaros que se aglomeram no céu. O geolocalizador que envia sinais para a Estação Espacial Internacional a partir do lombo de um tordo que vai até lá não conseguirá revelar a ninguém que, nessas coordenadas, uma saíra-escarlate se juntou ao enorme bando e por um tempo bate as asas aos pés do passarinho marrom.

— • —

Um comando arcaico parece impulsionar sua subida pela nova cordilheira em direção a alvoreceres mais frios, onde habitam as uvas-do-monte e os mirtilos. Desdobra sua leveza com determinação para roçar o topo de montanhas cada vez mais altas. Desordena o céu que os condores vigiavam antes de quase todos morrerem. Ultrapassa penhascos rochosos e espeletias. Será que seu voo se atrasará naqueles cumes de pequenos arbustos, como acontece conosco, caminhantes, quando o ar rarefeito da altitude passa por nós? Entusiasta de horizonte, vence a corrida contra as nuvens que nascem do grande rio mas se elevam mais lentas, rechonchudas de desejo vertical e gravidade. Ambas se penetram, subindo para logo depois descer. As agulhas de água começam a picar suas asas, mas ela adeja absorta, ignorando também as que lavam seu bico e suas pupilas.

Quando por fim chega ao planalto, a mancha luminosa de Bogotá aparece ao longe, descolorindo o céu, confundindo a noite e chamando-a ao desvio. Abaixo dela, começam a aparecer as ruas da zona oeste da cidade, vazias apenas àquela hora, o aeroporto parasitado por aviões e os armazéns da zona industrial. A água de um pantanal brilha, mas a saíra não poderá ver a matilha de cães selvagens descansando sob as alcaparreiras e o bambu andino. A chuva se intensifica e faz transbordar os canos de uma cidade que sempre desdenhou de suas águas. Ela voa para o leste sobre o aglomerado irregular de telhados e tanques, de antenas que imitam cogumelos, até encontrar um grupo de árvores amontoadas em um parque. Um veterano guaiaco a convida a suportar o resto do dilúvio em seus galhos. Ela se aferra. Suporta os trovões que iluminam sua tentativa de cochilo. Talvez esteja sentindo frio agora que está muito mais ossuda e se pergunte como poderá preencher os vazios. Talvez não note que dois vira-latas estão dormindo sob alguns bancos de concreto.

Quando a chuva afina e a luz começa sua luta para se branquear através das nuvens de tempestade, a saíra sai em busca de galhos mais densos. Parece que sente o chamado dos morros que se erguem nas proximidades. Talvez esteja agoniada com o barulho dos freios e das buzinas da cidade que acabou de acordar e saiba que são imitações falsas de animal premido. Talvez o ar pesado que cheira a combustão queime seu traseiro.

Mas antes de buscar asilo na montanha maciça ela vê o espelho. O prédio do banco com janelas reluzentes que fingem ser o céu. O estrondo contra o vidro mergulha a ave em uma opacidade diferente da do sonho. Ainda não há mulher que limpe escritórios ou gerente que tenha madrugado para autorizar um novo empréstimo que testemunhe a ave estourando a nuca contra o vidro grosso. Talvez seja o hábito implacável de suas asas que a mantém flutuando após o golpe e não a deixe se estatelar contra o asfalto.

Pode ser que, em seu atordoamento, as paredes e janelas de todos os edifícios oscilem e o mundo se torne um borrão que não lhe permite confiar em nenhuma árvore. Quem sabe como a dor lhe golpeia e que ardor atravessa sua nuca desgarrada? Será que o machucado da coroa a lacera ou a articulação maltratada entre as asas ruge? Talvez a atormente o manto em que se aloja o vigor que sabe elevá-la no ar.

Abobada, pousa na varanda do terceiro andar de um pequeno prédio. A mulher que sai ali para pendurar uma toalha esquece a dor que lhe pinça o cóccix quando encontra o pássaro atordoado no chão de granito. Percebendo tanta quietude, ela se pergunta onde estão o olhar atento e o pescoço dançarino que qualquer pássaro ostentaria. Por que não ameaça partir? Como se estivesse embalsamada na vitrine de um museu, a saíra ignora os grãos de arroz e a água que ela põe no chão. Talvez tenha pavor do corpo enorme que se aproxima dela, tão esquiva e fugaz que sabe ser, mas talvez o medo esteja engarrafado dentro dela.

— O que você tem, pássaro?

Pela primeira vez, um dedo humano esfrega suas costas e bagunça as penas avermelhadas escondidas em seu abrigo amarelo. Será que ela ainda estará tão abrumada que não consegue perceber o toque? A mulher sente o coração do pássaro disparar e se recrimina por contemplá-lo tão de perto. Quer pedir desculpas. Suspeita que esteja violando uma lei milenar que determina que pássaros livres não podem se fixar no olho humano. Que ninguém deveria obrigá-los a deixar de ser efêmeros.

Ela se pergunta por que o pássaro parou em sua varanda, entre a vassoura e o varal, e não na mangueira do jardim vizinho, no freixo centenário da rua ou nos eucaliptos dos morros que se erguem nas proximidades. Quer concluir que a saíra a escolheu por causa do vínculo especial que acredita ter com os pássaros. Quando criança, ela já se sentiu escolhida quando, caminhando por um pasto no sítio onde cresceu, notou um bando de andorinhas que pairavam sobre ela e um pedaço de merda caiu do céu na palma de sua mão. Naquela idade em que tudo lhe parecia um pouco equivocado, ela decidiu que o excremento de pássaro que jazia na linha intermediária de sua mão (a linha da cabeça, como lhe dissera a cozinheira, especialista em quiromancia) era um presságio indiscutível de boa sorte e uma oferenda. Naquele mesmo sítio, ela ajudava andorinhas e beija-flores desde criança com água adoçada e carinho quando estatelavam seu entusiasmo contra o vidro. Ela os pegava quando eles caíam perturbados após o golpe e os acolhia nas mãos em concha até que o atordoamento deles diminuísse. Parabenizava os sobreviventes quando saíam voando de novo. Enterrava os que caíam mortos. Mas agora, com o peso dos anos que torna alguns de nós mais ensimesmados, é difícil para ela suspeitar que a desolação daquele pássaro, enclausurado em sua paralisia, possa provir da colisão de um vidro contra sua implacável convicção de peregrino.

Gosta de pensar por um momento que o pássaro escolheu parar aos pés dela porque é capaz de sentir sua devoção aos animais, o desassossego que a sacode toda vez que pensa no cerco que as criaturas sofrem, que é quase diário. A tensão que a obriga a sair algumas noites para deixar ossos nas esquinas para os vira-latas, organizar coletas para associações de defesa dos animais e protestar contra a crueldade animal em frente à praça de touros quando há touradas. A urgência que recentemente a levou a buscar e encontrar um lar para a cachorra atropelada que estava abandonada em um ponto de parada na beira da estrada, convencer uma tia que mora no campo a adotar um cavalo maltratado que puxava uma carreta pelas ruas da cidade e tentar persuadir o avô a não fumigar o milho para que as abelhas não fossem envenenadas. A indignação dispensada aos amigos que ela não conseguiu convencer a se tornarem veganos como ela.

Depois se recrimina por concluir que um pássaro estranho está implorando por ajuda. Então lembra os intrépidos pássaros que escapam das gaiolas de seus donos. Ela se pergunta se o pássaro em sua varanda está agoniado porque saiu do cativeiro de um apartamento para o estrondo fumegante de Bogotá. Há alguns anos, quando foi estudar em Boston, tomou conhecimento de uma rebelião de pássaros mantidos em cativeiro pelos cartazes de busca que apareceram em um outono nos postes do bairro onde morava. O primeiro anunciava que um periquito verde de garganta rosada e preta estava perdido.

No cartaz, a foto de um lindo pássaro, chamado Bandi, posando com dignidade em um dedo humano.

Nos meses que se seguiram, talvez porque já tinha o olhar treinado para bisbilhotar tantos cartazes na rua, notou mais anúncios de deserções. Uma cacatua, outro periquito, uma papagaia (com o inesquecível nome de Lollypop), uma pomba de uma perna só (que ela não compreendia como tinha conseguido escapar), um canário. Sempre um dono declarando a ausência de seu pássaro, implorando ao povo que viesse em seu auxílio para resolver o abandono, para aliviar sua recente orfandade. Sempre a promessa de uma grande recompensa ao interpelado leitor que se animasse a levantar os olhos e entre as folhagens detectasse o estranho pássaro assobiando de um galho, enquanto os outros alados do mundo fugiam do frio que açoitava aquelas paragens. Como se essas pessoas não compreendessem que os pássaros fugitivos queriam desertar e esquecer dedos, barras, cheiro de carne frita, televisores e tapetes e tirar o pó das asas atrofiadas para finalmente entender a árvore. Sua rebelião visava algo maior, algo a ver com quão estropiado o mundo estava? Naqueles meses sombrios de estudo, ela se alegrara com os pássaros rebeldes. Durante meses enviou-lhes mensagens telepáticas de encorajamento e força para perseverar no êxodo, mesmo sabendo que as mensagens nunca chegariam a eles.

Uma amiga bióloga lhe contara, daquela vez, sobre os estudos científicos feitos por décadas sobre aves migratórias em cativeiro. De como no início do outono e da primavera, durante os dias em que era vez de sua espécie se mudar, os pássaros engaiolados ficavam frenéticos, saltavam e batiam as asas em desespero, golpeavam-se contra as grades, sofriam de insônia. Os especialistas estavam há décadas estudando o tumulto, observando e medindo o suplício, para comprovar a teoria de que os pássaros sentem todas as minúcias da dança interplanetária e calibram seus relógios com os tempos cósmicos para fazer sua travessia. A ciência tentando desvendar o mistério do nômade para depois nomeá-lo.

Zugunruhe

Do alemão *Zug*, mudança ou migração, e *Unruhe*, revoada, agitação. Foi quando quis saber mais sobre o cativeiro dos pássaros que deparou com a palavra com a qual um ornitólogo alemão nomeou, em 1707, o sintoma de aves em cativeiro. A perturbação dos pássaros errantes para quem a quietude é o único exílio. Uma palavra para mascarar a infâmia dos vitimistas, para tentar nomear a convicção que excede o que nós, humanos, chamamos de livre-arbítrio. Ela havia esquecido o termo quando voltou do curso nos Estados Unidos e só agora, com a saíra paralisada à sua frente, voltou a recordá-lo.

Ela não se importa de se atrasar para o trabalho. Na internet, encontra centenas de fotos de saíras-escarlate — machos de penas vermelhas que mudam para ocre com a estação, fêmeas amarelas — sobre os galhos de grande parte do continente. O nome científico, os nomes comuns e as regiões que a espécie habita. Também o mapa que conecta com setas coloridas o nordeste do hemisfério, onde eles acasalam e cuidam dos ovos, com as zonas tropicais que percorrem durante a migração e as montanhas andinas, onde evitam o que em sua floresta do norte chamamos de inverno. A lista de detalhes lhe parece tão obscena em comparação com a tênue vitalidade do pássaro que não parece encontrar sua força na varanda. Em seguida ela confirma que ainda está lá, petrificado. Será que tinha ido lá para morrer? Ela descobre que um macho foi marcado na Pensilvânia em 1990 e encontrado no Texas em 2001. Pelo menos vinte e quatro idas e vindas. Fica triste por não saber quantas este já fez.

Ela se emociona com o fato de que descanse ali tão perto dela essa cifra de viagens continentais, essa prova de nomadismo soberano. Sabe que está exagerando, mas gostaria de pensar que não é uma coincidência que a saíra tenha baixado até sua varanda quando ambas compartilham travessias, mesmo que uma tenha nascido no Sul e a outra no Norte, mesmo que as viagens da alada sejam feitas de outras correntes e muitas outras paradas. Gostaria de concluir que as duas estão ligadas pelo balanço da viagem e pelo amor pelo sol intenso que não existe no inverno. Que isso as sintoniza e as iguala de alguma forma.

Ela observa a saíra por mais um tempo da porta da varanda até que só pode concluir com certeza que a ave que a ignora não está implorando por proteção ou reconhecimento. Ela acha que entende seu pedido de solidão. Pressente que está exausta por causa de pesares que ela nunca poderá desvendar. Antes de deixá-la sozinha, tira uma foto dela.

Nos anos seguintes, a imagem do pássaro no granito rachado será um fetiche que vai deixá-la feliz e inquieta, como os santinhos da Virgem triste e dos santos martirizados que os devotos guardam dentro da carteira. A saíra vai piscar para ela do papel de parede do seu computador até que um dia ele é roubado e ela perderá todos os arquivos que não conseguiu copiar, e nunca mais a verá.

A mulher continuará a se perguntar por muito tempo por que aquele pássaro se mostrou a ela na varanda vazia do prédio onde vai morar por mais alguns meses até que sejam feitos cortes de pessoal no Arquivo Nacional, onde trabalha. Quando ela voltar aos Estados Unidos graças a um empréstimo oneroso para obter um novo diploma, ficará obcecada por essa saíra outra vez. Especulará sobre as viagens que poderia ter feito desde então, esperando que ainda esteja viva, e ficará emocionada ao pensar que, assim como uma vez se aproximaram no sul, talvez o pássaro também tenha voado sobre ela em seu regresso do veraneio em alguma floresta do nordeste onde ela tenta fazer outra vida. E então, nos fins de semana de cada primavera, ela procurará saíras-escarlate nas florestas da Pensilvânia, quando os troncos nus começarem a pulsar com pousos e canções. Por vários meses pagará parcelado no crédito um binóculo potente. Coçará os olhos cheios de pólen até querer arrancá-los das órbitas. Tentará memorizar as gravações encontradas na internet do canto de cada espécie, mesmo que tenha muita dificuldade em recordá-las. Diariamente, irá monitorar os mapas dos radares que detectam as migrações aéreas e a página em que as pessoas relatam avistamentos em tempo real que aparecem em um mapa continental com bandeirinhas vermelhas. Ficará magoada de não poder ver a passagem de milhões de aves migratórias que tomam os céus nas noites de abril e setembro, mesmo que as procure da varandinha do apartamento que aluga. Apesar de sua péssima memória, se esforçará para aprender a identificar mais espécies. Tentará não se decepcionar ao ver os pássaros sedentários, aqueles que preferem ficar ali sobrevivendo ao frio mais horrendo, e nos invernos, quando tudo parecer ter morrido, começará a sentir admiração por eles. Quando identificar algum deles vindo do sul em maio, gritará um bem-vindo que reverberará pela floresta, não se importando que as pessoas que andam por perto olhem para ela com estranheza.

Em sete anos de buscas, nunca verá uma saíra-escarlate, embora muitas vezes pense que as escuta no alto dos carvalhos e outras pessoas com binóculo nas estradas confirmem que elas chegaram. Até que em junho, caminhando por uma floresta de chupins vorazes perto da Filadélfia, reconhecerá o
tiit tiiiuuuuit tiuit tiit tiuuuit
e avistará um macho altivo que cintila, da ponta de um cedro

com folhas novas, toda a sua vermelhidão e seu canto. Tentará filmá-lo com o celular, mas no vídeo só conseguirá registrar a folhagem que se move e o barulho de muitos pássaros. Contará às amigas sobre seu avistamento, mas ficará decepcionada porque nenhuma delas compartilha o mesmo espanto que ela.

Nessa época, uma namorada fugaz que só falará inglês e terá viajado pouco a obrigará a nomear os motivos de sua obsessão, que antes se alojavam sem palavras nas dobras de suas entranhas, como um mistério. Será quando não tiver escolha a não ser aceitar que foi ficando na Filadélfia e que o vaivém recíproco entre duas terras não é tão fácil. Ela terá se casado com um amigo apenas para obter o documento de residência estrangeira que a isentará de passar a vida implorando por autorizações para ficar. Terá conseguido um emprego em uma fundação de reforma penitenciária que lhe dará apenas o suficiente para viver e enviar dinheiro a uma reserva de animais maltratados em Cali todos os meses. Terá adotado um gato do abrigo do qual será voluntária. Com relutância, deverá ter começado a aprender os nomes das árvores gringas que preferiu ignorar por tanto tempo, embora muitas vezes, quando não têm folhas, ela as esqueça.

Em um inglês que a fará se sentir sempre imprecisa e duvidosa, ela explicará à amante que se deslumbra com os pássaros viajantes porque, em sua ondulação que faz desmoronar a linha entre o céu e a terra, eles fazem de cada nicho do mundo uma breve morada, enquanto suas asas insistem que nada é habitado de forma definitiva. Hóspedes do céu, onde não há guarida, ignoram as fronteiras infames que as pessoas inventam e zombam da ira humana que amaldiçoa o forasteiro. Ninguém pode gritar a eles: "Volte para a merda do seu país!" para ofendê-los (como ela escutará uma vez). Embora na viagem o pássaro possa ser paralisado pela seca e pelo frio, um predador faminto e tantos incômodos humanos, ele não é devorado pela saudade. Profana qualquer fronteira, mas está sempre imerso na mistura, não ao lado ou à margem, mas enredado nos tecidos do mundo, que são também os do ar, onde a residência não importa.

Mesmo que não queira confessar, a obcecada pelas saíras finalmente entenderá a inveja que sente do pássaro viajante, o ciúme de que ele possa habitar essa ambiguidade sem agonia e desafie com leveza as tribulações que a perturbam. Que aceite sem angústia (ou assim ela acredita) o imperativo cósmico que sempre o convida a voltar. Por outro lado, seus altos e baixos de uma década entre o norte e o sul do continente (que serão cada vez mais esporádicos), a mudança de paisagem das florestas gringas, com seus caminhos sinalizados e colinas breves onde as rodovias ressoam e as pessoas não cumprimentam, para as estradas tortuosas e nubladas das montanhas andinas que ela agora só percorre em visitas curtas sempre trançarão seu corpo com deslumbramento e opressão. Qualquer chegada ao Norte depois de algum tempo no Sul a atormentará com os espectros que a nostalgia ativa, mesmo que lhe pareça cafona e ela sempre tente afastá-la. Cada apartamento em que ela vive lhe despertará a promessa exaustiva de enraizamento e, em seguida, a aterrorizará com a ameaça de um cativeiro. Ficará magoada de trocar o travesseiro, as nuvens, o norte, a água, mas vai continuar tentando. Sentirá felicidade e então aborrecimento quando, depois das férias na Colômbia, encontrar sempre as sementes de capim do planalto (que sua avó chamava de amores) agarradas aos tecidos de suas roupas, apesar de aviões e máquinas de lavar. Por mais que tente, não conseguirá ignorar a atração vegetativa, a magnetização visceral deixada pelo ar e as cascas das montanhas que escalou desde a infância, apesar de passar a maior parte do ano longe delas. Na época mais escura e glabra do inverno, quando as aves migratórias já tiverem terminado sua fuga lúcida, sentirá a atração da cordilheira distante, como uma pontada entre as vértebras. Saberá que é inútil apaziguar aquela lesão que se recusa a coagular. E, embora muitas vezes ela pense que deve voltar e às vezes até prometa fazê-lo, não fará nada para voltar a viver de vez em Bogotá.

Deixará claro para aquela noiva fugaz que lhe fascina o fato de que o pássaro migratório confie sua vida sem titubear ao fluxo das correntes e às copas das árvores, mesmo que seus galhos muitas vezes balancem. No descanso do trânsito, sua única raiz é a oferecida por toda árvore que passa. Sua viagem não é um êxodo, mas uma celebração da perpetuidade da mudança. Encarna corajosamente sua solidão de visitante, mesmo que ocasionalmente cuide de filhotes ou bata as asas em um bando. Não busca pertencer e escapar sempre de algo, enquanto pessoas como ela, ou talvez todas as pessoas, vivem presas nessas cantilenas.

Por fim, ela poderá afirmar que fica maravilhada com a peregrinação do pássaro à floresta, sua reverência pelo broto pujante e pela folha viva pela qual escapa do frio do inverno que ela tanto detesta. A conversa fiel que entabula com o sol e compartilha com a árvore. Sua peregrinação constante em direção ao ânimo medular do vegetativo, para o tempo mais entusiasta da folha.

Ela se sentirá insultada quando a outra disser que na verdade os pássaros migram para ficar em casa, pois buscam condições familiares nos dois lugares. Perguntará como se atreve a comparar uma floresta com a outra, ainda mais sem nunca ter viajado até lá, e a calará dizendo que é por aí que a gente conhece os gringos.

Insistirá que um pássaro migratório seria o primeiro a perceber que nos trópicos as árvores não padecem de um descanso estoico de meses e as seivas têm uma velocidade diferente. Que a folhagem ali se emaranha de outras maneiras.

Ao compreender com clareza as raízes de sua adoração e inveja, a mulher entenderá que, embora ela e o pássaro sejam atravessados por tantas copas setentrionais e equatoriais, nunca, nunca chegarão a ser iguais. (Tampouco com aquela amante encontrará correspondência. Odiará seu sonho de querer comprar uma casa nos subúrbios. Sua fobia de insetos e seu amor pelo inverno. Que use o "nós" quando fala do governo. Ela se ressentirá da falta de jeito com que sobe pelos caminhos rochosos e tropeça em qualquer raiz. A desconfiança dela em relação à floresta. Elas terminarão logo depois que aquela que venera os pássaros pare de implorar àquela que não se importa com eles que a acompanhe para procurá-los entre as árvores.)

A saíra escapa de seu transe na varanda no norte de Bogotá alguns minutos antes de a mulher aparecer novamente para observá-la. Os grãos de arroz estão intactos, a água no pote também parece intacta (anos depois a mulher concluirá que devia ter deixado uma fruta aberta para ela). Talvez seja o imperativo feroz da viagem que finalmente despertou o pássaro de sua letargia, ela pensa. Uma espécie de *zugunruhe*, a agitação da mudança. Lamenta que o pássaro não tenha deixado nenhum rastro. Ela se inclina para procurar uma mancha de merda no granito, mas não consegue encontrá-la.

— • —

Nenhuma pessoa conseguirá saber como a saíra faz para ignorar o ardor dos hematomas, recuperar as coordenadas e ir em busca de uma floresta mais densa. Voa na chuva fina acima dos edifícios até chegar às colinas atoladas. Sobe ao topo da montanha, onde a cidade se torna um segredo rouco e furioso. Como a fome rugirá nela? As dores explodirão dentro dela? Sobre os troncos molhados de eucalipto e pinheiro, o pássaro não encontra insetos. Também não há frutos. Talvez sinta seus batimentos cardíacos reverberando mais agora que a carne que em outras épocas amortecia suas vísceras desapareceu.

— • —

Talvez ignorando a ardência que lateja em seus tendões e ossos, naquela noite a saíra se levante impelida a completar o que resta do último trecho. Contorna as montanhas que obrigam a cidade a parar e atravessa uma planície onde escasseiam as luzes. Ascende sobre escarpas rochosas e cumes. Sobrevoa uma lagoa que está secando, apesar de seu brilho. Alguém que não conhece sua jornada confundiria sua exaustão com extravio.

É impossível saber como, em meio a tantos picos incrustados de nuvens, a saíra reconhece a montanha de sempre. Que nervo lhe diz que ali está a morada que um dia a acolheu e que ela chegou ao fim do caminho? Atravessa a neblina para descer à floresta de seu passado. Quem sabe se ela é invadida pela decepção ou pela dúvida quando encontra ali um pasto escalonado que anuncia o extermínio do alecrim, dos carvalhos, dos chagualos, dos encenillos, das figueiras, das ocoteas, das murtas, dos cedros e dos pinheiros negros. Entre as carcaças de alguns troncos enormes, onze vacas ávidas por pasto estão agora ruminando. A saíra não conseguirá saber onde foram parar as árvores que anos atrás a sustentaram, e também a besouros e aranhas, borboletas e mariposas. Como se extinguiu a inteligência mineral de milhões de raízes que buscavam com fervor o centro da terra. Será que perceberá a tristeza que emana do que foi arrasado? De repente, de alguma forma, surgirá a pergunta da ausência.

Talvez a saíra reconheça o carvalho que sobrevive no centro da pastagem quando ali se empoleira, como se procurasse uma pausa para superar a perplexidade. Talvez saiba que já esteve empoleirada ali outras vezes e sinta o acolhimento da árvore viva que parasitas, fungos e samambaias ainda abraçam. Quem sabe se ouvirá um vaporoso aturdimento brotar das folhas do sobrevivente e vá perceber seus lamentos pela ausência da tribo, pelo vínculo perdido que a motosserra ceifou. Talvez consiga entender, sobre os músculos do tronco, o desconcerto das raízes que buscam, mas não encontram, outros tentáculos vivos. O desejo ainda intacto de tramar-se com os outros. A ânsia rebelde dos ramos centenários que lançam novas sementes e continuam parindo filhos entusiastas, mesmo que as vacas os mastiguem sem trégua. Os dedos curtidos da ave apertam o galho, acolchoado com líquen e musgo, e se molham. Quem sabe se as duas criaturas vão se esbarrar na ilusão de que no ar e nas fibras sobrevive o nervo que pode fazer ressurgir a vizinhança.

Na copa mais alta daquela árvore gigante, o pássaro espera que irrompa bem a madrugada para perscrutar o resto das planícies e colinas que se expandem à sua frente, onde a névoa começa a se dissolver. Então ele parece encontrar a última borbulha de brio que resta em seu peito e se lança de novo ao voo. Passa por cima de algumas plantações floridas de batatas que estão sendo pulverizadas por vários homens. Sobrevoa mais terras aradas, mais pastos com vacas e um caminho de ferradura onde brilham as poças, até chegar a uma colina nova onde as árvores centenárias se espremem, satisfeitas, no trabalho constante de tecer a pele da encosta.

Um denso arvoredo de carvalhos ergue-se generoso atrás de uma pequena casa. Os cães latem. As curruíras cantam sua algazarra. Com certeza ela está aliviada. Certo? De repente, algo como alegria ou consolo ondula nela. Talvez ela saiba que, quando pousar naquela floresta nublada, depois dos desvios, a partir do momento em que se confiar às copas tortas e penetrar no burburinho, nada disso será desconhecido. Pelo menos por um tempo, até que o cosmos volte a ordenar seu regresso.

III
ANDAR POR ESSAS TERRAS

Andar por essas terras = quycas isyne
Dentro da terra = hichatana, l, hischy cuspquana

ANÔNIMO, *Dicionário e gramática chibcha*
(Início do século XVII)

Contemplai este composto! Contemplai-o bem!
[...]
Estou agora aterrorizado com o fato de a Terra,
tão calma e paciente,
fazer crescer coisas tão doces a partir de tantas corrupções,
girar inofensiva e imaculada sobre seu eixo, com tantas intermináveis sucessões de cadáveres doentes,
destilar tantos ventos requintados de tamanho fedor infundido,
renovar com tantos olhares involuntários suas pródigas colheitas anuais e suntuosas,
ofertar tantos materiais divinos aos homens e por fim deles aceitar tantos restos.

WALT WHITMAN, "This Compost" [Este composto]

Chama-se tankayllu o tabanídeo zumbidor e inofensivo
que voa no campo libando flores. O tankayllu aparece
em abril, mas nos campos regados é possível
vê-lo noutros dias do ano. Agita suas asas com uma
velocidade enlouquecida para elevar seu corpo pesado,

seu ventre excessivo. [...] As crianças o caçam para beber o mel de que está untado esse falso aguilhão. [...] como o ruído de suas asas é intenso, forte demais para sua pequena figura, os índios acreditam que o tankayllu tem no corpo algo mais além de sua vida. Por que tem mel no tampão do ventre? Por que suas pequenas e frágeis asas movem o vento até agitá-lo e mudá-lo? Como é que o ar sopra sobre o rosto de quem o olha quando o tankayllu passa? Seu pequeno corpo não pode dar-lhe tanto alento. Ele remove o ar, zumbe como um ser grande; seu corpo felpudo desaparece na luz, elevando-se perpendicularmente. Não, não é um ser malvado; as crianças que bebem seu mel sentem no coração, durante toda a vida, como o toque de um hálito morno que as protege do rancor e da melancolia.

JOSÉ MARÍA ARGUEDAS, *Os rios profundos*

Já tinha se salvado antes do desterro. Primeiro sobreviveu ao ímpeto da enxada com que quebraram o barro de sua morada, aos pés do sabugueiro, para plantar acelgas na nova horta. Naquela época ainda era jovem e molenga. Há apenas um mês, havia rompido a membrana viscosa do ovo que a hospedava e tinha saído para arrastar sua serenidade de larva por entre a poeira e os minerais. No dia em que tudo começou a tremer ao seu redor e os grumos que a abraçavam se afrouxaram e a ferramenta a lançou pelos ares, ela se salvou de ser rasgada em duas pelo fio do metal. De que os sucos viscosos de folhas decompostas que a inchavam escapassem por uma das rachaduras, como aconteceu com um casal de irmãos. Quando caiu de volta ao chão, as pregas grossas de seu corpo de larva a amorteceram, e o capacete duro que ainda encouraçava sua cabeça a protegeu do golpe. Então conseguiu recolher sua estrutura de verme, que depois carregou com paciência por mais um mês, quando seu tórax e suas asas ainda estavam amadurecendo, desamparados. Virou-se de bruços e rebocou o espesso corpo sanfonado por entre o barro até adentrar-se outra vez na negrura de micorriza e pedra, através de cuja nova desordem começariam a se colar mais orvalho que de costume.

Alguém diria que só agora, dois meses depois de a enxada ter perturbado a terra, quando está deixando de ser pupa, é que começa sua vida errante. Ou o início de seu percurso de erros, que para muitos é o mesmo que partir. Rasga com ânimo a pele daquela casa subterrânea que a conteve por um tempo, enquanto estava construindo para si uma melhor.

Desfaz-se das próprias bordas (talvez sem nostalgia), para se despedir da vida resvalosa e molenga de larva branca e anunciar que é uma besoura blindada de armadura marrom. Que continuará sulcando o chão, mas de outra forma. (Quem nunca teve de anunciar isso de vez em quando?) Estira as patas, prepara-as para carregar o novo corpo sólido e côncavo e sai para se desviar das raízes, esfregar-se contra a poeira, lutar estoicamente contra pedras e torrões, enfrentar o ar úmido da noite. Não come folhas desde seus dias de larva, e com certeza a fome a assalta. Talvez, depois de semanas de sono embaixo da terra, sua mandíbula esteja um pouco adormecida e precise destravá-la para começar a devorar de novo e melhor a folhagem.

Desdobrar as asas pela primeira vez e dispará-las sob o peso da armadura parece bastante trabalhoso. Treiná-las em um primeiro voo curto e desajeitado, como um jogo pirotécnico que explode chocho porque esteve guardado por muito tempo. Talvez não se deixe comover por seu novo zumbido de celofane nem por sua jornada sem passos, e os aceite como uma vontade que sempre a habitou. Talvez seja deliberada sua aterrissagem no jardim que margeia a casa, aos pés das plantas mordiscadas que se esforçam para continuar brotando em meio às chuvas e à invasão de besouros, como ela, que aparecem em novembro. Avança lentamente para se desviar dos talos e dos desníveis do terreno, suportando o vaivém de seu tórax que está sempre à beira de fazê-la tombar. Alguns diriam que toda ela é esforço e inépcia, mas, agora que se livrou de sua extensão de larva e pode ventilar o ar, é provável que se sinta mais ágil que nunca. Oscila quando avança pata por pata pela lama irregular que, para um pequeno inseto, deve ser como escalar a cordilheira. Luta para manter o equilíbrio entre cada grumo que a atinge. Sobe lentamente num monte de merda de cachorro. Como sem querer, suas unhas rasgam os ovos de moscas que amadurecem ali.

Une-se à agitação de patas finas dos besouros mais velhos que se acasalam, comem, pousam e decolam. Deve perceber os aromas que todos lançam na neblina para avisar uns aos outros que estão ali raspando a terra, prontos para montar, esfregar-se e germinar ovos, se a chuva permitir. Em seu caminho por entre as samambaias recém-plantadas, a besoura passa aos pés de uma aranha que carrega dezenas de bebês empoleirados em suas costas. É provável que não lhe interesse a leveza que ela ostenta. A encouraçada desvia de talos, cogumelos e grilos adormecidos, até se agarrar com as mandíbulas à folha caída de uma hortênsia. Devora sua primeira mordida de besouro. Talvez os sucos amargos e o mofo peludo que murcha a folha a invadam de um júbilo de inseto que nunca adivinharemos. Embora talvez devesse ficar imóvel, parece não notar o canto do urutau, que com a chegada da escuridão parou de imitar a quietude do tronco e finalmente abriu os grandes olhos amarelos de ave de rapina para rastrear os insetos da horta e engolir qualquer tórax crocante que lhe apareça. Quem sabe se a besoura ouvirá o burburinho das rãs que sincopam tudo o que agita aquela noite de uma das nascentes de água. Maquina com seu arsenal dianteiro afiado para recortar e sugar mais bocados da folha jovem de outra hortênsia. É provável que necessite saciar-se depois do longo enterro. É tão lenta que qualquer um que a olhasse de cima pensaria que estava apenas dormindo.

Quando volta a se movimentar, resvala por uma poça perto do sulco dos copos-de-leite formado pelo dilúvio que caiu à tarde. Por um momento, fica flutuando na lama. Que angústia a invadirá sob sua armadura enquanto ela se debate na água escura? Consegue aferrar-se a uma palha e sobe até a borda. Descansa ali por um tempo, como se esperasse que as gotas escorressem pelas minúsculas sedas que abrigam o solo de seu ventre. Uma parada que para ela deve ser toda uma era.

Afastando-se do jardim, zarpa em um voo entusiasmado em direção à poderosa luz do lustre pendurado no pátio da casa, em torno do qual dançam dezenas de mariposas, confundidas com a lua. Apesar da água na poça, suas asas parecem mais elásticas e zumbem mais alto. Ela se lança para abraçar o brilho da luz com tanta fúria que bate na lâmpada e cai no chão. É a primeira vez que sofre a catástrofe de ficar suspensa de costas, obrigada a encarar o céu sem querer. Talvez lhe incomode raspar as antenas contra a lajota enquanto luta com todo o vigor das patas para se virar. Talvez ela perceba que também há outros besouros anunciando aquele escândalo de patadas desoladas e mudas, como ela. Luta por uma hora contra a carapaça que está lá para salvá-la dos golpes, mas que agora atrapalha seus movimentos. Com a dança dos trocanteres e do fêmur, com o tremor das tíbias e dos tarsos, suas unhas rasgam as minúsculas gotas de orvalho que começam a se incrustar naquela montanha. Provavelmente detecte os aromas angustiantes emitidos pelos outros em suas horas de luta comum para voltar a ver o chão enquanto todos estão ficando sem forças, adormecendo de cansaço e resignando-se a perder a terra para sempre. Quem sabe, naquele mundo de cabeça para baixo que agora a agonia, a besoura possa ver o cadáver próximo de outro besouro que a dona da casa inadvertidamente eviscerou horas atrás, com a gordura branca que lhe assoma pela cauda como concretizando em matéria o suspiro final. Será que ela se emociona com a morte de seus entes queridos? Talvez ignore, recém-saída como está das profundezas do barro, que pássaros e ratos costumam visitar aquele cemitério de criaturas esgotadas para romper seus jejuns. Mas ela não parece ter sido feita para andar com temores, rastreando paranoica todos os predadores em potencial, nem sempre pronta para escapar. Não tem a fugacidade da mosca, a leveza do grilo, nem é veloz como a mariposa. É como se não se importasse que o mundo possa ser cheio de perigos.

O cão se dirige ao jardim para farejar os animais da noite que nunca conheceu em Bogotá. Talvez procure as cobras, que desprendem o cheiro de grama úmida e graxa rançosa que parece enlouquecê-lo. Com o rabo, chicoteia os talos das flores plantadas pela mulher que se mudou recentemente para lá com ele. Enfia o focinho no buraco que cavou pela manhã quando detectou um cheiro de rato, mas nada parece animá-lo ali. Aspira o aroma que se infiltra pelo loureiro em que há poucos dias o último gambá que perseguiu acabou subindo, mas não encontra vestígios recentes. De longe vêm as fragrâncias de carne e cabelo, espinhas e pestilências e fungos que penetram seu nariz. Mas tudo está escuro e molhado, e o cachorro parece concluir depois de um tempo de degustação que não é hora de perseguir outros focinhos. Solta um latido sem destino. Sua urina respinga em dois besouros e um grilo. No caminho para a casinha (ele dorme fora desde que saiu da cidade), se depara com os besouros que agonizam no quintal. Recentemente deixou de ser filhote, mas há momentos em que recupera o desejo louco de brincar com qualquer criatura que se mova. Ele se aproxima da besoura cansada, que parou de chutar com veemência tentando se endireitar, e a sacode com as pontas de suas unhas, contendo a força de suas patas para não esmagá-la toda, como se a encorajasse a permanecer viva. Empurra-a um pouco com a boca e depois com a pata, incentivando-a a escapar para depois ir apanhá-la, como faz com os ratos que aprendeu recentemente a capturar em meio à serrapilheira dos carvalhos. Como se acordasse da resignação, ela envolve as patas no pelo do cachorro e se agarra a um de seus dedos. Assustado com o pedido de ajuda, ele sacode a munheca e bate as almofadas contra o chão até que a lança rolando pela lajota. Depois de quicar, ela se endireita. O golpe a desequilibrou? Sentirá alívio quando encarar o chão novamente? O cachorro corre para a mulher que o chama para se deitar e se esquece dela para sempre.

A besoura cruza as lajotas iluminadas pela porta de vidro da casa. Os besouros se aproveitam do fato de que os pedreiros que terminaram de construir a casa há alguns meses calcularam mal as medidas e deixaram muito espaço entre as portas e o chão, sem pensar nos períodos chuvosos ou nos insetos. Ela atravessa a soleira da porta da frente e entra na casa, fascinada pelo engano etéreo que a distrai de se acasalar e pôr ovos. O brilho das lâmpadas deve ser irresistível para ela, porque interrompe a subida e a descida dos fios do primeiro tapete que encontra para sair voando em direção a uma lâmpada. Desta vez, ela zumbe sem golpes e pousa em uma cortina próxima. Talvez perceba a traça branca que também se agarra ao tecido. Uma luz mais cálida logo interrompe seu fascínio pelo primeiro lampejo. Prepara as asas novamente e voa para o lustre que fica pendurado no centro da sala de jantar. Ela o volteia várias vezes, mas é claro que o brilho não se fixa na besoura e ela não consegue encontrar um lugar onde descansar seu corpo para se fundir com os filamentos. Como um paraquedista perdido, baixa em círculos até a mesa. As roupas que a dona da casa deixou ali amortecem seu pouso. Os ganchos em suas pernas se cravam nos fios de meias. Ela tenta voar, mas as fibras a retêm. Permanece por muito tempo puxando cada ramo de seu corpo, até conseguir escapar do emaranhamento.

Voa como um camicase em direção à potente luz da cozinha, como se o brilho estivesse implorando para que ela explodisse sua armadura ali com força. O golpe a derruba no balcão onde a comida está espalhada, mas dessa vez ela tem a sorte de cair de pé. Em sua quietude, parece hesitar sobre aonde ir. Talvez seja atraída pelo cheiro da acelga que está por perto e vem da horta, como ela. Pelo granito escorregadio ela caminha com dificuldade em direção à verdura, ignorando um par de besouros que já morreram de patas para cima, até se deparar com o talo fibroso e vermelho da primeira folha. Será que vai aliviá-la reconhecer o vegetal que merece? Ela sobe até chegar à paz áspera de uma folha que parece convidá-la ao abraço. Provavelmente está exausta de tanto esvoaçar. Morde, chupa, engole, deglute, destrói a fibra com calma. Caga. Talvez a fustigue uma urgência de copular, a vontade de terra dos ovos que ela abriga dentro de si.

Como saberá que o céu lhe foi selado? Talvez perceba outro ar no saco plástico em que está encarcerada com a acelga. Através de alguma ranhura na couraça que protege suas gorduras, o frio da geladeira deve entrar sorrateiramente. Saciada de folhas, agarra-se a um dos caules, enquanto é arquivada na escuridão de uma máquina tão alheia à nova noite da folhagem e à vigília subterrânea da sua infância. Por duas vezes ela percorre o caule de cima a baixo, embora talvez não veja nada. Resvala, mas consegue se recuperar. Sete vezes ela zarpa em voo como se estivesse ansiosa pela luz, mas a membrana plástica a freia. Até que parece resignar-se e fica parada. Caga de novo. Espera.

A luz volta intempestiva muito tempo depois, quando alguém abre a geladeira e tudo começa a girar. A besoura cai no fundo do saco e consegue abraçar-se a uma das folhas do vegetal para se recuperar de outro chute. Volta a resvalar e a se agarrar muitas vezes enquanto o mundo continua a convulsionar até que o movimento diminui. Talvez encontre alguma paz quando o saco cai em um cesto. Talvez fique cegada pelo sol da tarde, que se estivesse livre evitaria em uma caverna. Tudo estremece de novo quando o carro em que a enfiaram começa a andar pela estrada de terra, que neste período chuvoso tem mais buracos que o normal. Embora possa estar sonolenta à luz do dia, deve ser impossível descansar com as sacudidas do carro que agitam o saco e a acelga. Quando a estrada fica asfaltada e o cesto dança menos, talvez confusa, a besoura prepara suas asas. Porém, mais uma vez, o plástico a impede de qualquer tentativa de partida.

Não há um número justo que sirva para comparar os cem quilômetros de estrada sinuosa que o carro percorre pela cordilheira enquanto desvia de buracos, carretas e caminhões basculantes, com o curto trajeto de lama, musgos, cadáveres e sedimentos dos quais foi banida. A diferença entre a energia da máquina que atravessa resoluta as montanhas e o entusiasmo diminuto das asas tolhidas do inseto que só pede folhas e lama para alojar seus ovos. É difícil estabelecer qualquer ligação entre as cinco horas que leva a mulher que dirige o carro até Bogotá e a fatia enorme da vida da besoura à qual restam apenas duas semanas menos um dia.

Talvez o desterro se aloje nesses vínculos imponderáveis, nessas imprecisões escandalosas.

O último tremor sacode a besoura horas depois, quando a mulher tira a acelga do saco que a encerra e a deposita no balcão da cozinha do apartamento aonde chegou. Consegue se agarrar a uma folha para se endireitar de novo e subir pela folhagem até descobrir o chamado de uma nova lâmpada.

Quando a besoura zumbe, a mulher, que está ocupada desfazendo a mala, demora um momento para entender que há algo naquele alvoroço rouco, naquele rumor forâneo, que está fora do lugar. A princípio, não percebe que esse ronronar carrega a marca sônica de um exílio. É difícil para ela se surpreender que um novo besouro cruze seus dias naquele pequeno apartamento no norte de Bogotá, onde nunca viu insetos. Durante o mês que passou acompanhando a tia no campo, ela se acostumou a conviver com eles, embora com certa relutância. Todas as noites espantou aqueles que tentavam pousar em sua cabeça enquanto lia, se inclinou centenas de vezes para salvar os que estavam morrendo de cabeça para baixo nas lajotas do pátio pela manhã, com medo de pisar neles, e todas as manhãs jogou os cadáveres da pia, surpresa de que fosse um cemitério. Mas agora tem dificuldade em admitir que o inseto que voa por sua própria cozinha vem daquelas montanhas sinuosas das quais ela acabou de voltar. Não queria ser responsável por deixá-lo órfão de terra. Se a besoura não voltasse, a culpa seria dela? Ela lamenta não ter um grande jardim por perto onde possa soltar o inseto. Também se pergunta se a promessa que sua tia fez, de lhe deixar em herança o sítio quando morrer, é verdadeira. E se ela o herdasse, o que faria com seus insetos?

A besoura cai no chão depois de flertar com a lâmpada da sala de jantar por um tempo. Talvez a confunda de novo essa geografia plana de madeira polida e granito onde não há rastro de grumos ou torrões, onde nada é esponjoso. A mulher agarra-a com o ligeiro nojo que as cócegas das patas de qualquer inseto agora lhe produzem, mas de que ela gostava muito na infância. Talvez a besoura se surpreenda com aquela caverna macia sem asperezas que é a palma da mão. E o vidro escorregadio do vaso vazio onde a deixam.

Se fosse menina, teria colocado a besoura no bolso, sem saber bem se estava procurando companhia ou pretendendo dá-la. Quando era pequena, sabia que abril era abril e outubro era outubro por causa da chegada dos insetos voadores que subiam das profundezas e se anunciavam em enorme nuvem, turvando o ar e manchando os jardins de marrom com seu crepitar lascivo e desajeitado. Na escola e no parque do quarteirão, ela adorava acariciá-los e colocá-los em cima dela, deixá-los percorrer suas pernas e evitar os pelos em seus braços, convencida de que eles eram gratos por aqueles caminhos. Às vezes ela os enfiava nos bolsos da saia do uniforme, feliz por ser bondosa e dar-lhes abrigo. Na quarta série do fundamental, foi suspensa por um dia por colocar dezenas em sua carteira e depois abrir a tampa para deixá-los voar pela sala no meio de uma aula, quando a professora explicava os mal-entendidos que ocorriam com o mau uso de pontos e vírgulas. Com algumas exceções, os demais alunos tinham gritado aterrorizados e, a partir daí, chamaram-na de nojenta e de menina-bicho. Ela secretamente adorou esses apelidos. Fascinava-a a companhia temporária dos peregrinos que um dia vinham entusiasticamente transfigurar os jardins e terrenos baldios da cidade com sua mania breve de rastejar pelas beiradas, para desaparecerem pouco depois sem um ritual de despedida, sem que ninguém tivesse de se entristecer com a sua partida.

Mas depois cresceu e parou de rolar pelos pastos porque tinha lição de casa e telefonemas, depois aulas na faculdade e ônibus lentos no trânsito para atravessar a cidade e tardes chatas em cafés suportando a verborragia de alguns homens que sempre insistiam em lhe ensinar coisas em que ela não estava interessada ou já sabia. E os besouros haviam desaparecido de seus dias sem que ela percebesse. Ela não teve que chorar por eles (essa não era, agora pensava, a melhor despedida?). E quando foi estudar em Madri, aquele planalto seco de insetos parcos e para ela desconhecidos, esqueceu-se dos insetos do planalto para se ocupar de bares, maquetes, planos, nádegas e peles humanas. Até que esse fim do ano, quando a tia a convidou para ver sua nova casa no campo e ela voltou a tê-los por perto, percebeu, surpresa, que a devoção que tivera por eles já não existia, não tinha mais entusiasmo pelas cócegas das patas pontudas nem ternura por seus esvoaçares desajeitados. Apenas um respeito distante, um apelo silencioso para que não zumbissem perto dela. O que havia mudado nela? Como tinha deixado de evocá-los? Era justo tê-los abandonado?

Manda uma mensagem para a prima, uma ex-colecionadora de lagartixas e grilos, e às vezes de besouros como ela. Salvadora, na infância, de borboletas entorpecidas e de abelhas semiafogadas em poças. Apaixonada por rabanetes, cenouras e pastos. Desde os doze anos, não falava sobre insetos com ela.

> Olá, finalmente estou de volta. Como vc está? Espero que melhor.
> Ei, uma pergunta: vc sabe o que aconteceu com
> os besouros de Bogotá?
> Será que eles continuam chegando nas estações de inverno,
> mas a gente não vê?
> Ou será que todos morreram? Ou será que não passam
> mais por Bogotá?

Apesar de ser sábado, dia em que costumam conversar, a prima não lhe responde. No peitoril da janela não há universo para a besoura. Mas a mulher não conseguiria jogá-la no saco de lixo. Ao abrir a janela, ela se pergunta por um momento se não seria melhor empurrar o inseto ligeiramente da borda para animá-lo a voar e ir para um lugar mais feliz, apressá-lo para que encontre algum jardim no chão, para ver se ele deixa de ser forasteiro. Mas teme que a queda de dez andares sem aviso o assuste e ele não consiga preparar as asas antes de explodir contra o asfalto. Então, deixa-o sobre o cimento que anuncia o abismo e observa como ele permanece impávido por um momento. Por fim consegue entender que o hermetismo do bicho, com sua casca que o torna imperturbável e hierático, e sua falta de interesse por ela lhe produzem um espanto que ela já havia intuído, mas não tinha sido capaz de nomear. Como ele não está implorando por ajuda? Por que permanece impassível e aparentemente calmo? Por que não está imediatamente pronto para fugir do cativeiro imposto por ela? Mortifica-a que ele não revele nenhuma angústia por ser uma isca, que ele pareça não se importar com a vontade de todos ao seu redor de deportá-lo. Que pareça ignorar cada fissura, a comichão das angústias, as tristezas da partida. Ou será que ele as sente e ela não consegue vê-lo? Quando criança, aceitava melhor os mistérios do inseto, sem implorar por respostas. Não sabia quais desejos o habitavam, mas lhe bastava entender que ele tinha uma vontade secreta, desapegada do humano, mesmo que o prendesse para obrigá-lo a estar perto. Agora ela está espantada. Gostaria de olhar o inseto nos olhos (mas esqueceu onde eles ficam). Persuadi-lo de que ainda há tempo para provar ao mundo a comoção que ele deve estar sofrendo.

Sustentada num tempo que sua carapaça cultiva com hermetismo (e que nunca conseguiremos medir), tão alheio ao da mulher que se aproxima do fim das férias, a besoura caminha. Vai orgulhosa, talvez sem saber que ao seu lado se estende o maior precipício de sua breve vida.

Quando fecha a janela, a mulher se debate entre sentir-se implacável e poderosa, possuidora de uma piedade férrea que ajuda os indefesos, ou contorcer-se com uma culpa da qual não sabe bem a origem. Deveria ter encontrado uma casa para ele em outro lugar? Convidá-lo para a terra da sua orquídea morta? Conclui que talvez seja melhor não se envolver tanto nisso, e menos ainda quando não sabe o que a desterrada quer. Aceitar que sempre haverá criaturas pululando por perto, algumas em agonia, expulsas de seus dias. Apaga a luz da cozinha e fecha as cortinas, implorando ao inseto que se afaste das luzes e encontre um jardim com terra lá embaixo para recebê-lo.

Talvez a criatura, que é feita para vasculhar a terra com antenas e resinas, morder talos e fazer cócegas nas raízes, tenha alguma bússola que a oriente a lidar com abismos monumentais e contornar a solidão egoísta do cimento e da parede. Como sempre faz, onde quer que caia quando pousa ereta, raspa o chão com as patas para continuar andando. Tentando se aferrar a algo, ela assoma com suas antenas ao buraco que suga tudo. Depois de algumas cambalhotas no ar, consegue disparar as asas e diminuir a velocidade da descida. Pousa desajeitadamente no teto de um carro. Um pedaço de asa diáfana permanece do lado de fora, como se anunciasse a azáfama que traz consigo. Percorre com parcimônia a lataria lisa. Quando está prestes a escorregar pela janela dianteira do carro, voa de volta para a lâmpada do pequeno jardim que ilumina um escorregador enferrujado. Revoluteia em torno da luz como se merecesse ser comida, até que decide penetrar o sulco de terra onde alguns arbustos sobrevivem ao descuido. Pousa no pé de um agapanto seco. Talvez procure a cópula quimérica. Será que se pergunta para onde todos foram? Quem sabe quão surpresa ela ficará com o cheiro de ar sujo que suas antenas abertas em leque certamente detectarão? Depois de um tempo, volta a frequentar a lâmpada, como se tivesse que provar sua lealdade à luz, em um balanço que vai do chão à lâmpada, até pousar na grama de cabeça para baixo. Depois de muito esforço, consegue se virar e ir para o jardim próximo, que fica atrás de uma cerca. Não faz ideia de quais são os contornos de sua vontade. Talvez a travessia seja demorada para ela. Até que chega à grama crescida da casa vizinha que está prestes a ser demolida. Ela se agarra aos caules para não virar e penetra no jardim onde encontra um dente-de-leão com várias folhas podres. Rasga e mastiga. Parece ignorar um cabelo humano que ficou enredado em uma de suas antenas no percurso.

Ao amanhecer, depois de se certificar de que o besouro não está mais no parapeito da janela pedindo pousada, a mulher volta a conferir no telefone a resposta da prima.

> Bem-vinda de volta, prima! Dá pra acreditar que ontem precisei ir trabalhar e tive de ficar no escritório até as onze da noite? Estou trabalhando num projeto de urbanização de casas de campo que está me sufocando.
> Juro que não aguento mais.
> Hoje vou passar o dia inteiro na cama =) mas te chamo depois e vamos combinar algo pra nos vermos e assim você me conta como foi lá na tia.
> Não tenho a mínima ideia a respeito dos besouros.
> Beijos!

Em seu caminho a pé até o mercado, a mulher gostaria de perguntar aos venezuelanos que às vezes sentam nos bancos do canteiro central para descansar da mendicância se viram um besouro esvoaçando entre os agapantos. Mas concluirá que a chamariam de idiota ou sem noção e teriam razão se o fizessem.

Quando a luz branca que inunda Bogotá em dias nublados começa a ofuscar qualquer um, a besoura já abriu um refúgio na terra. Talvez fique aliviada com o descanso. No momento em que uma melra gulosa que desceu de uma árvore está prestes a transformá-la em uma iguaria crocante, a mulher já terá deixado de pensar na besoura e em todos os besouros do mundo. Já terá guardado as compras, verificado seus e-mails no computador e pagado a conta de luz que estava prestes a ser cortada devido ao atraso no pagamento. Estará procurando receitas para uma boa sopa de acelga.

É a primeira vez que a jovem melra, que nasceu há alguns meses na seringueira de um canteiro próximo, prova um besouro tão grande e gorduroso. Talvez seja também a última. É certo que, de alguma forma, essa captura a deixa feliz. Seus ancestrais engoliam os besouros entusiasmados quando saíam duas vezes por ano das profundezas para anunciar que também eram donos daquela terra. Mas ela provavelmente não se lembra disso.

Quem sabe como é ser pega pelo bico de um pássaro voraz. Se nesse momento a carapaça da besoura é triturada ou se suas patas se quebram, ou se ela chega inteira, chutando como pode, até o ventre da melra. Talvez ela fique anestesiada pela baba que vai grudar nela quando rolar pelo túnel que a transporta até lá. Até que a lava ácida do estômago do pássaro derreta suas bravas resinas, derreta sua força errante e a transforme em secreção viscosa. Certamente a besoura — música alada, crepitar da floresta, testemunho da vida do barro — acrescentará alguma vitalidade ao canto agudo do pássaro daquela cidade tão insensível.

IV

MOTIVO DE ENTREGA

Acolher alguém em sua casa = Zuen vibzasqua
Hospedar-se na casa de alguém = aguem vi izasqua
Dentro de algum tempo, talvez nos amaremos =
fahanga, hac uic aganan chihisty

ANÔNIMO, *Dicionário e gramática chibcha*
(Início do século XVII)

Nascer o Animal. faque izasqua

ANÔNIMO, *Vocabulário mosco* (*c.* 1612)

Perdi cordilheiras
onde dormi;
perdi ovos de ouro
doces de viver;

GABRIELA MISTRAL, "País da ausência"

O em-casa da morada é "em casa como numa terra de asilo", então isso quer dizer que o habitante continua sendo nela ao mesmo tempo um exilado e um refugiado, um hóspede e um não proprietário.

JACQUES DERRIDA, *Adeus a Emmanuel Levinas*

Mas, é claro, o grito do porco-espinho não chega até nós.

IDA VITALE, *De plantas e animais*

A porca-espinho levanta a cabeça quando abrem a tampa da caixa em que a enfiaram para a viagem e a luz entra, depois de horas suportando a escuridão e os solavancos do ônibus que a golpearam contra o papelão sem dar trégua. Talvez o ar na sala fechada a alivie depois de todo aquele confinamento, mesmo sendo asséptico e tão diferente do líquen do tronco, do pólen e do mineral oxidado do que até há pouco tempo era sua casa.

Acaricia com os bigodes a mão da mulher que a criou desde que deixou de ser feto. Talvez isso a faça se sentir menos desamparada. Talvez ela reconheça o cheiro de sabonete e madeira da pele da outra quando lhe roça os dedos com seu focinho, que dança como se tivesse urgência de sentir o edifício para o qual foi trazida. Abana o rabo, sem encontrar onde enrolá-lo. Talvez ela saiba que algo estava começando a se perder naquela manhã sem nuvens quando desceu ensanguentada do tanque, que ela havia aprendido recentemente a escalar, para beber o leite no lugar de sempre e acabou enfiada naquela caixa escura. Pode ser que a melodia das palavras da mulher, que lhe implorava tranquilidade do outro lado do papelão na estrada para Bogotá, a tenha ajudado a suportar essa andança aos solavancos que chamaríamos de tempo (mas isso deve ser outra coisa para ela).

Talvez, quando ela olha para a luz intensa dessa sala onde tudo é branco e cheira a substâncias estranhas, quando não ouve mais os murmúrios das criaturas nem a voz coletiva das árvores batendo ao vento nem percebe a bruma que vai e vem, ela anseie pelo mundo úmido de cascas e terra esponjosa que era a única coisa que conhecia até agora. Como se instala sua estranheza, e por onde?

— Sim, senhora, eu sei que essa viagem foi muito comprida, mas olhe que finalmente chegamos e você precisa ter calma porque aqui eles vão cuidar de você e te alimentar e depois vão te soltar de novo, entendeu? E daí vão te levar para umas montanhas bonitas, onde não será incomodada por nenhum cachorro nem ninguém. Nem mesmo eu.

A mulher ri um pouco enquanto passa o dedo sobre o focinho dela, como sempre faz, até roçar os pequenos dentes que lhe saem pela boca.

— Mas você tem que ter muita paciência, ouviu?

A recepcionista do Centro as observa com seriedade enquanto põe um par de luvas.

Como sempre que ela está por perto, a porca-espinho lambe os dedos da mulher que a arrancou do ventre destroçado da mãe e conseguiu ajudá-la a crescer. Talvez possa sentir vontade de beber o leite que ela costuma lhe dar nessa hora da tarde na horta da casa. Como que implorando para subir no braço dela, tenta escalar uma das paredes da caixa, mas só consegue arranhar o papelão com as unhas afiadas, ansiosas para crescer antes do resto do corpo. Quem sabe ela perceba algo parecido com o choque que deve ter sentido quando o coração de sua mãe, que retumbava como nunca enquanto tentava escapar aos saltos e empurrões, parou de trovejar, e tudo ficou paralisado, e uma fenda se abriu na envoltura quente onde ela estava recolhida, e a luz cegou seus olhos, e alguém a desprendeu para sempre do corpo que a abrigava. Um parto de emergência que ela não havia pedido.

A porca-espinho se empina de novo enquanto a assistente do Centro, que agora segura a caixa com suas mãos de látex, a leva para a sala ao lado, que é ainda mais iluminada do que a sala de espera. Ela mexe o nariz acolchoado, como descartando cheiros que não habitam nenhuma floresta — cloro, produtos de limpeza, álcool, um perfume floral — e revela ainda mais os dentes ainda pouco acostumados a roer.

É provável que ela estranhe o cheiro daquelas novas mãos que se negam a acariciá-la, pois só conhece as da mulher e da filha, que sempre a alimentam e cuidam dela.

— Adeus, fofinha! Se comporte e tenha paciência, entendeu?

Talvez reconheça a voz que grita ao longe, mas não pode mais vê-la. Resvala por uma das paredes de papelão e tomba quando a assistente inclina a caixa contra a soleira de uma gaiola. Ela se endireita de novo. Titubeando, entra no que será sua morada por algum tempo. Uma casa muito menor do que o jardim por onde sempre andou, que se misturava com o pasto e as árvores e não tinha grades. Ela se move letárgica, como se as luzes de néon, brilhantes demais para um ser noturno como ela, estivessem congelando seus ossos, desfazendo as poucas certezas que ela acumulou naquelas semanas ao pé da floresta em ebulição.

A mulher gostaria de ter ficado mais tempo explicando à pequena porca-espinho que isso não é uma traição. Que não a abandona depois de tanto cuidar dela e alimentá-la com o leite de sua filha, que acaba de lhe dar um neto. Sabe que não entenderia essa ou qualquer outra explicação, mas tem certeza de que farão falta. Acha que não devia ter ouvido o conselho do veterinário da vila. Percebe uma injustiça, algo distorcido e cruel nos dias, talvez até meses, que a porca-espinho terá de passar trancada naquele Centro antes que lhe designem um novo lugar para viver.

— Tenho certeza de que a coitada está com sede. Você deixou água na gaiola? Lá em casa ela bebia muita água. Também trouxe a mamadeirinha que a gente sempre dá pra ela, com leite e tudo, com o leite da minha filha. Se você quiser, eu deixo aqui. Tenho certeza de que ela está morrendo de fome depois de todo o tempo que a gente levou nos ônibus para chegar até aqui. Fique com ela, talvez ela sinta falta do leitinho.

A assistente do Centro, que acaba de voltar para a mesa, olha-a contrariada.

— Não se preocupe, senhora, nós vamos cuidar muito bem dela aqui, e terá a alimentação adequada.

A assistente acrescenta que o veterinário vai examinar o animal e determinar sua dieta, que certamente não será leite humano. Explica que eles vão arranjar um espaço ideal para ela se adaptar enquanto se determinem as opções de reabilitação e liberação.

— Mas você acha que ela será libertada rápidamente? Eles não vão deixá-la aqui para sempre em uma gaiola, né? Porque senão eu me arrependo e volto com ela hoje mesmo, embora o transporte tenha sido tão caro.

A assistente explica que, se o animal se adaptar bem e não tiver problemas clínicos ou doenças que afetem seu comportamento, depois de algum tempo verificando se aprendeu a obter alimento por conta própria, eles poderão soltá-lo na natureza. Assim diz, na natureza, e para a mulher essas palavras soam tão distantes, como se fossem tiradas da crosta interior de outro mundo.

— Lembro que, faz alguns anos, lá na vila foi gente daqui, da Secretaria do Meio Ambiente, é o mesmo escritório, né? Alguns médicos foram até a vila onde eu moro, acompanhados de uns militares, para soltar uma daquelas águias-de-peito-preto, sabe quais são? Lindos esses animais. São tão altivos. Disseram pra gente que foi confiscada em Bogotá, numa loja de animais, você pode acreditar nessa perversidade? Eles não sabiam de que parte do país tinha sido roubada, mas ela é daquelas que vivem nas colinas mais altas, como nas montanhas de onde venho. Imagine que crueldade. Quando a trouxeram e a soltaram no pasto de um vizinho, a criatura voou para os morros, mas estava feliz da vida.

— É muito bonito que a senhora aprecie tanto os animais.

— Você precisava ver como aquela águia foi pros penhascos do morro. Voava rápido, tão feliz por finalmente estar livre de todo aquele confinamento, imagine. Foi tão lindo vê-la assim lá no alto, nunca vou esquecer disso.

A assistente está distraída no computador e pede alguns minutos para abrir os formulários e prosseguir com o trâmite obrigatório de entrega.

— Eu te digo que era como se o morro estivesse chamando a águia. Chamamos essa montanha de Fucha, e é onde dizem que os indígenas saltaram quando os espanhóis os perseguiam, porque preferiam morrer a ser subjugados. Uma montanha com muito poder, ou melhor, mágica, como se costuma dizer. As pessoas dizem que, quando você sobe, vê coisas. Principalmente os antigos. Minha vozinha dizia. Sei que é verdade, mas não consegui ver nada. Acredito que a águia ainda está viva. Se Deus quiser, que ela continue vivendo feliz sem que ninguém a perturbe. Há algum tempo eu a vi voando muito alto, perto da montanha que fica do lado da minha casa. Tenho certeza de que ia caçar porque tem muito bicho pequeno lá, tem de tudo. Mas não voltei a vê-la. Não a vejo desde que minha filha engravidou, ou seja, já faz um ano, depois nunca mais. Ela deve ter ido para o outro lado de repente, sem a gente perceber.

A assistente revisa uma pasta de papéis.

— É por isso que eu acredito que aqui vão cuidar da minha bebezinha porca-espinho pra que logo ela fique livre de novo, né? Você me dá sua palavra, né?

— Claro que sim. Pode deixar. Só um momentinho que eu já pego seus dados e terminamos a papelada, assim a senhora pode ir embora.

— Por isso que eu não quis deixá-la com a polícia ambiental da vila, e sim trazê-la pra cá. Quando o veterinário me disse que eu podia ser multada por ter um animal silvestre na minha casa, o que é proibido por lei, fiquei com medo, imagine. Não quero que ninguém pense que eu a roubei, não, senhora, se o que eu fiz foi salvá-la quando a mãezinha dela morreu, que descanse em paz, e o veterinário disse que criá-la era se meter em problemas com a lei.

— Assim que o doutor me der mais informações, eu começo a tomar seus dados e a gente registra tudo isso.

A mulher se inclina um pouco, para examinar as janelas da sala contígua, aonde a porca-espinho foi levada, mas não a vê.

A porca-espinho toma água e arrasta o focinho pelo chão de feno da gaiola como se tentasse detectar onde está a esponja de folhas e pasto que costuma atravessar todos os dias. É difícil saber se depois de tanta azáfama a quietude a alivia ou se o ronronar elétrico das máquinas e as vibrações das luzes a desestabilizam ainda mais. Anda em círculos dentro da gaiola, talvez em busca de comida. Enrola o rabo, perturbada com as barras. De vez em quando inclina a cabeça para o céu, como se estivesse procurando a árvore madura que merece. Do focinho parece estar inspecionando a sala, onde nada é rugoso e tudo anuncia simetria. Talvez consiga avistar o macaco-de-cheiro no outro canto da sala que fica procurando a melhor maneira de se pendurar nas grades ou o cachorro-do-mato que morde uma unha da pata dianteira no canto de sua jaula e de vez em quando a observa (talvez querendo comê-la). Será que se perguntam onde ficou sua montanha, como talvez ela faça? Será que todos partilharão o odor que emana de estar no lugar errado?

A mulher senta-se na sala de espera enquanto o veterinário examina o animal para preencher o formulário obrigatório de entrega. Ela acha tudo tão organizado e novo, tão limpo, muito mais que qualquer escritório em que ela tenha estado antes na vila ou em Bogotá. Examina as portas de vidro marcadas CHEGADA — ZONA 1, para onde a porca-espinho foi levada, e CHEGADA — ZONA 2, onde há várias gaiolas penduradas no teto. Numa delas, pode ver quatro periquitos e, em outra, uma arara. Aos pés da assistente, um cartaz de papagaios no oco de uma palmeira diz: SE VOCÊ VÊ ALGUM ANIMAL SILVESTRE, É MUITO AFORTUNADO! DEVEMOS CONVIVER COM ELES E RESPEITAR SUA PRESENÇA. #LIVRESEEMCASA. Outro de um macaco empoleirado num galho que diz: E VOCÊ, É CÚMPLICE DO TRÁFICO ILEGAL? NA COLÔMBIA É PROIBIDO CAPTURAR, COMERCIALIZAR E EXTRAIR FAUNA SILVESTRE. #LIVRESEEMCASA. Em outra parede, um quadro com uma lista de animais escrita com marcador e à qual ela imagina que sua companheira será adicionada.

ENTRADAS POR ESPÉCIME (NOVEMBRO)

TARTARUGA MORROCOY 3

TARTARUGA HICOTEANA 28

ARARA AZUL-AMARELA 2

PERIQUITO-CARA-SUJA 4

MACACO-DE-CHEIRO 9

MACACO-PREGO 3

PERIQUITO-DE-ASA-AZUL 2

PERIQUITO-DE-QUEIXO-LARANJA 7

TARÂNTULA DIVERSAS ESP. 194

CIGARRINHA 1

ESCORPIÃO 17

RÃ VENENOSA (DOURADA) 216

IGUANA VERDE 2

CACHORRO-DO-MATO 1

Uma tela de televisão sem som mostra homens de terno e gravata se cumprimentando no palco de um teatro. O público os aplaude. Em seguida, a imagem de um helicóptero do Exército disparando na selva e pessoas de roupa militar camuflada numa fila entregando armas. Abaixo, um cartaz anuncia: SEGUNDO ANIVERSÁRIO DO ACORDO DE PAZ ENTRE O GOVERNO E A GUERRILHA DAS FARC. Vários homens de gravata aparecem dando entrevistas, e ela reconhece que um deles é o presidente. Em seguida, vários camponeses lavrando um pedaço de terra. Depois, a apresentadora e a imagem de um homem gordo que sai algemado com uma placa que diz LÍDER DOS ÁGUIAS NEGRAS EXTRADITADO PARA OS ESTADOS UNIDOS. A mulher pensa em um de seus sobrinhos, que é soldado profissional no batalhão de contraguerrilha de Catatumbo há cinco anos, e se pergunta quanto tempo ele ficará lá.

A porca-espinho tenta ficar sobre duas patas quando um homem de branco se aproxima da gaiola, como se tentasse acariciá-lo. Talvez ela tenha esperança de que agora lhe darão comida, já que ninguém lhe deu seu leite do meio-dia. Talvez só queira sair de lá. Mas as barras são finas e lisas demais para seus dedos acostumados a troncos ásperos, e ela resvala. Comprime o nariz entre as fendas para sentir o cheiro do homem que vem estudá-la. Seus bigodes, mais longos que sua cabeça, se trançam pelo metal para tocar as luvas de couro que querem examiná-la. Ela sobe no braço do veterinário quando ele abre a porta da jaula para ela, como se estivesse grata por cingir-se a algo vivo, como se aceitasse, desde que a separaram de sua mãe, que qualquer mão humana poderia redimi-la. Talvez a voz grave do homem que fala com ela lhe soe estranha, acostumada como esteve a viver entre mulheres. Esfrega as narinas contra o jaleco branco, que exala o cheiro de desinfetante que com certeza ela nunca sentiu. Quando a mão do homem afasta os pelos castanhos que cobrem seu rosto onde os espinhos amarelos começam a aparecer, ela abre a boca como se tentasse assustá-lo com os dentes. Será que seus bigodes doem quando são esticados? Ela enrola o rabo com mais força contra o braço do homem enquanto suporta ter seus olhos e focinho verificados com uma lanterna. Talvez a mesa em que ele a põe depois lhe pareça inóspita, por ser lisa e fria. De repente, suas garras se soltam quando ela as arranha contra o metal. Quando ele a deita para inspecionar seu ventre e estudar sua carne, ela tenta se virar. Talvez a força com que o homem a segura a surpreenda, pois ninguém jamais a auscultou assim, iluminando os buracos mais profundos que sua densa pelagem protege. Ela chuta enquanto ele apalpa seus mamilos, dobra as articulações das pernas, separa seus dedos e confere seu ânus. Ela tenta enroscar a mão dele com o rabo, como se estivesse lutando contra a submissão. Parece querer resistir que tentem abrir sua boca, mas não consegue impedir que os dedos dele invadam sua mandíbula, determinados a explorar suas entranhas.

A mulher percebe que a assistente foi falar com o veterinário na Zona de Chegada 1. Fica chateada de não a terem deixado se despedir da porca-espinho como deveria, de que a tivessem levado embora de repente sem reconhecer que havia uma proximidade entre elas. Atormenta-a pensar que a pequena vá sentir falta dos aromas de sua cozinha e do pátio repleto de amoras, dos ramos das árvores, do leite quentinho, de sua voz e da voz da filha, e da chuva fina. Ela volta a se perguntar se foi uma boa decisão trazê-la. De novo sente a amargura que a invadiu no dia em que sua cachorra matou a mãe da porca-espinho, e ela acha que tudo seria diferente se o animal ainda estivesse vivo. As duas porcas-espinhos estariam rondando o mato, trepadas nas árvores, mastigando frutos de murta e da figueira, esquivando-se das corujas à noite. A pequena não teria de ser desterrada e ficar à mercê de tanta gente. Será que vão lhe dar seu leitinho diário? Será que ela vai sofrer muito quando for desmamada? Haverá alguém que lhe fale com carinho como ela?

A mulher recebe um papel que a assistente lhe dá quando regressa à recepção, escrito de próprio punho.

Coendou vestitus: Porco-espinho anão castanho peludo

A assistente explica que esses são o nome científico e o nome comum da espécie e que o veterinário manda avisar que o habitat desse porco-espinho é a alta floresta andina, ou seja, onde a mulher mora. Que é uma espécie em extinção.

— Então nós lhe agradecemos por tê-la trazido para nós, pois restam apenas alguns desses animais e temos que protegê-los para que a espécie não acabe.

A assistente acrescenta que o veterinário diz que o Centro já reabilitou dois no passado e os liberou sem problemas.

— Bem, há muitos porcos-espinhos onde eu moro, diga a ele.

— Estou apenas mencionando isso para que você saiba que temos experiência com eles e para que não se preocupe, porque o animal estará em muito boas mãos.

A mulher pensa quão estranho é o primeiro nome que lhe é mostrado. *Coendou vestitus*. Supõe que está em inglês. Imagina um vestido cheio de espinhos que alguém usaria em uma festa cheia de gringos.

— Diga ao doutor e a todos os que vão cuidar dela para ter muito cuidado com os espinhos. Não sei se ele conseguiu vê-los, são amarelinhos com preto e, quanto mais ela crescer, mais longos eles vão ficar. Você os viu, como estão saindo agora?

— Não, senhora. Mas não se preocupe, tenho certeza de que o doutor já tomou nota.

— As espinhas dos porcos-espinhos estão vivas e, quando se cravam em alguém, o que gostam de fazer é entrar no corpo a toda velocidade, mais rápido do que você imagina, e então você não pode tirá-las de lá. Os antigos diziam que, se uma daquelas farpas grudasse em você por mais tempo que o necessário, a porca-espinho que te mordeu começaria a dominar sua vida. Se o animal sofre uma fatalidade ou tem uma doença, a pessoa também vai senti-la. Se ele morrer, a pessoa vai adoecer e morrer também. Informe isso aos doutores, faça-me esse grande favor.

— Ok, não se preocupe, eu vou dizer.

— Veja, nós gostamos muito dela, e eu não tinha certeza de que trazê-la seria bom, mas no fim o que me fez decidir foi ver que seus espinhos já estão crescendo e meu neto daqui a pouco começa a engatinhar por aí, e vai que eles comecem a brincar e ela o machuque.

A assistente diz à mulher que está pronta para lhe fazer as perguntas do formulário de entrega.

PREFEITURA DE BOGOTÁ D.C.
DIRETORIA DE CONTROLE AMBIENTAL
SUBDIRETORIA DE SILVICULTURA, FLORA E FAUNA SILVESTRE
GRUPO FAUNA SILVESTRE

ATO DE ENTREGA VOLUNTÁRIA DE ESPÉCIMES Nº: 947

DADOS GERAIS DE ENTREGA

Data de entrega: 24 de novembro de 2018	**Endereço de entrega:** Centro de Atendimento e Avaliação da Flora e Fauna Silvestre de Bogotá
Nome da pessoa que entrega: Teresa Tibaquirá Ruiz	**Identidade:** cc 45.376.908
Endereço: Vereda El silencio, município de Miscua, Boyacá (o domicílio não tem endereço exato)	**Telefone:** 311-297-1135
Recebido por: Aura Janeth Ramos Aguilar, Assistente Administrativa, Área de Registro, CAVFFS Bogotá	
Motivo da entrega: A mulher que entrega o espécime indica que há cerca de um mês e meio sua cadela caçou e matou um porco-espinho fêmea na entrada de sua casa e que ela viu que algo se movia no ventre do cadáver e pensou que estava carregando uma cria, realizou uma cesárea com uma faca e retirou o espécime que entrega hoje identificado como *coendou vestitus* porco-espinho anão castanho peludo. Indica que o animal parecia pronto para nascer e, quando o tirou, reagiu bem e aceitou o leite de sua filha que é mãe de um bebê de 4 meses, lhe deram leite materno por todo esse tempo, a mãe do bebê tira, e eles dão para o animal com uma colher e também recentemente com uma mamadeira pequena que arrumaram, e o animal bebe sem problemas, que ele sempre teve um grande apetite desde que nasceu e aumentou quase duas vezes de tamanho e agora ele sobe em árvores e procura frutas, mas que ele ainda bebe esse leite, que é muito manso e está muito afeiçoado a elas e entra e sai de casa quando quer, mas agora prefere as árvores, e sua cachorra o respeita embora tenha matado sua mãe. O motivo da entrega é que um veterinário lhe deu os dados do CAVFFS, disse-lhe que é ilegal ter animais silvestres em cativeiro e também ela não sabe se conseguirá cuidar dele mais tarde porque está procurando trabalho e não gostaria de deixá-lo no mato sem saber como sobreviver por conta própria, ela solicita que esse espécime seja devolvido para a área em que mora, onde diz que há muitos animais semelhantes.	

DESCRIÇÃO DOS ESPÉCIMES ENTREGUES

Nome científico	**Estado** Pendente de	**Quantidade**	**Sexo**
Coendou vestitus	avaliação zootécnica	1	Fêmea

ANAMNÉSICOS GERAIS DE ESPÉCIMES VIVOS

Local de origem: Vereda El silencio, município de Miscua, Boyacá	**Forma de aquisição:** Espécime não foi adquirido, ver motivo da entrega.
Local de aquisição: Encontrado em Vereda El silencio, município de Miscua, Boyacá (não há endereço exato)	**Tempo de posse:** 37 dias
Presença de outros animais: Animais endêmicos da alta floresta andina da Cordilheira Oriental, no sítio onde o espécime nasceu havia galinhas, uma ovelha, um gato e um cachorro, a pessoa que entrega reporta vacinação em dia. **Dieta anterior:** O espécime foi alimentado desde o nascimento com leite humano de uma mulher lactante, a pessoa relata que nas últimas duas semanas e meia aprendeu a comer frutas das árvores, mas ainda bebe leite humano. **Condições de manuseio:** Nenhum maltrato é relatado, a avaliação veterinária inicial confirma o bom estado do espécime. **Doença ou tratamentos:** A avaliação veterinária preliminar não relata nenhuma doença no momento da entrega, aguardando avaliação integral etc.	
OBSERVAÇÕES **Horário de chegada:** 14h48 **Entrada na área de hospitalização:** Não **Folha de dados/História biológica mamíferos Nº 1387** **Observações adicionais:** Avaliação veterinária na área de chegada pelo dr. Guáqueta Rodríguez Ángel David. A pessoa que entrega pede para ser avisada quando o animal for devolvido à natureza. Ela foi advertida sobre as normas legais vigentes em relação a posse ilegal e tráfico de animais silvestres.	

AO ENTREGAR OS ESPÉCIMES DESCRITOS E ASSINAR ESTE DOCUMENTO, COMPROMETO-ME A NÃO COMPRAR NOVAMENTE, A NÃO DOAR OU A TER MAIS ANIMAIS SILVESTRES COMO ANIMAL DE ESTIMAÇÃO

NOMES E ASSINATURAS

Aura Janeth Ramos Aguilar, Assistente Administrativa, Área de Registro, CAVFFS **Nome e assinatura do profissional**	Teresa Tibaquirá Ruiz **Nome e assinatura da pessoa que entrega os espécimes e se compromete**

Sociedade Distrital de Ambiente, Av. Caracas 54-38, Bogotá D.C., Colômbia, PBX: 3778899

www.ambientebogota.gov

A mulher confere o formulário que a assistente lhe pede para assinar.

— Você também pode explicar aí que eu não queria deixá-la com o policial ambiental do vilarejo porque esses sem-vergonhas certamente a deixariam morrer lá numa caixa. Eu sabia que ia ser muito difícil pra mim trazê-la aqui, porque não é fácil, mas eu não ia deixá-la com eles.

— Não, a senhora não se preocupe, o que já está escrito aí é que é importante.

— A senhorita será que deixa eu me despedir dela?

— Não, senhora, é uma pena, mas, quando o animal entra, não podemos tirá-lo. Daqui a pouco ele vai para a avaliação zootécnica completa e depois, se não precisar de nenhum tipo de intervenção, será colocado em quarentena. Eles o deixam lá até que esteja pronto para ir para a manutenção e reabilitação, que é onde adaptam uma área especial e lá o animal aprende os comportamentos que precisa antes de ser liberado. A senhora não se preocupe, ele vai ficar superbem.

A mulher se lembra de quando sua mãe foi internada no hospital em Tunja morrendo de câncer de estômago e ela precisava implorar na recepção para que a deixassem entrar para vê-la.

— E a senhorita faria a gentileza de me dizer por quanto tempo acha que vão mantê-la aqui antes de libertá-la?

— O tempo que for preciso para que ela seja reabilitada e liberada, se for isso que se decidir. Mas se a senhora quer minha opinião, claro que eu não sou zootécnica, mas trabalho aqui há três anos e já vi muitos bichinhos reabilitados, acho que vão soltá-la, sim, porque é um espécime muito jovem e imagino que ainda possa aprender o que é necessário para sobreviver na natureza. Quando chegam assim jovenzinhos, quase nunca morrem.

— Espero que não demorem muito.

A assistente lhe indica com impaciência que já anotou seus dados e que é possível que os peritos usem as informações para decidir se a liberam.

— E vocês não poderiam me ligar quando decidirem soltá-la? É só para eu saber e ficar tranquila. Mesmo que a levem pra outro lugar, gostaria de saber que ela voltou pra uma floresta.

— Bem, não posso garantir nada, mas, como eu disse, já acrescentei seu pedido para ver se levam isso em consideração.

— Olha, eu me afeiçoei muito a ela. Faça-me esse favor, senhorita.

A assistente evita o olhar da mulher e escreve algo no computador.

— Se eu descobrir alguma coisa, vou fazer o possível para ligar e avisar a senhora. Conte com isso. Agora, por favor, assine aqui e já pode ir.

A mulher assina e põe sua impressão digital nas duas cópias do formulário impresso. Parece-lhe injusto que lhe peçam que não se comprometa a não prender ou traficar animais selvagens, como se fosse uma sequestradora e saísse por aí capturando criaturas selvagens para negócios. Ela gostaria de dizer à assistente que é quem mais protege as matas da aldeia, que por isso decidiu ser presidente do conselho de ação comunitária, que chegou a enfrentar alguns vizinhos que quiseram matá-los mesmo sendo proibido, que, se não fossem pessoas como ela, não haveria mais jaguatiricas, ou esquilos, ou porcos-espinhos, ou águias, ou todos aqueles pássaros. Mas sente que é melhor não contrariar a outra para que ela cumpra sua promessa. Então fica calada e enfia a cópia assinada na mochila. Ela sente a enorme lacuna que se ergue entre o peso contundente, carnoso e peludo da porca-espinho de quem tanto cuidou e a folha inerte que lhe foi entregue. Quando voltar para casa, enfiará o papel na gaveta onde todos os seus documentos estão amolecidos e manchados com o mofo que a umidade adora. Onde ela também guarda um maço de notas, o terço da avó, um anel banhado a ouro que a mãe lhe deixou, a vasilha indígena e a pedra em forma de machado que encontrou no mato quando criança e a sacola com fotos de família. Ela acha que ali mesmo, embrulhada naquele papel que lhe doeu assinar, vai deixar uns espinhos amarelos e pretos da mãe porca-espinho que arrancou da cabeça de sua cachorra e deixou secar na parede do tanque. Ela lamenta não ter pelo menos um dos espinhos que agora estão crescendo na filha, para guardá-lo lá como lembrança.

— Me faça um favor e diga a ela que eu a amo muito e que deve ser corajosa, porque ela é tão gentil. Que talvez nos vejamos mais à frente, mas que, se não conseguirmos, nunca a esqueceremos. Diga-lhe isso.

A porca-espinho parece querer se agarrar ao braço do homem enquanto ele tenta devolvê-la à gaiola na sala de chegada depois de fazer o exame físico e começar a preencher sua folha de dados. Tenta subir mais alto, como se houvesse uma fruta suculenta na cabeça dele ou nascessem de uma vez por todas os galhos que a aguardam. O homem a elogia, abre seus braços com cuidado, desembaraça o rabo que insiste em se agarrar a ele e a enfia dentro da gaiola. Ela dá voltas pelo feno, raspando os bigodes contra os talos secos. De repente, o cheiro do caule lembra as gramíneas de casa. Mas nesse mundo não há umidade que abrigue o barro, nem os musgos ou as folhas pacientes que souberam ascender e depois se entregam ao solo. Ela cutuca com unhas poderosas até rasgar os jornais por baixo. Talvez o cheiro da tinta lhe pareça tão distante dos aromas e fermentos de seu lar inicial. Com seus bigodes, ela vasculha o chão seco e antisséptico, que de repente não lhe conta nada. Talvez esteja cansada e faminta. Será que vai conseguir dormir ali, como merece, durante o dia? Será que vai ficar incomodada pela ausência do leite humano e das cascas? E dela?

V

QUANDO A CADELA UIVA E A AVE CHORA

Você já acreditou em sonhos? Quando a rolinha chora ou o cachorro uiva, você já disse que algo ruim está para acontecer?

FREI BERNARDO DE LUGO, *Gramática da língua geral do Novo Reino, chamada mosca* (1619)

Reconhecer que o mundo é um espaço de imersão significa, ao contrário, reconhecer que não existem fronteiras estáveis ou reais: o mundo é o espaço que nunca se deixa reduzir a uma casa, ao próprio, ao lar, ao imediato. Estar-no-mundo significa, pois, exercer influências sobretudo fora do lar, fora de seu próprio habitat, fora de seu próprio nicho. Sempre se habita a totalidade do mundo, que é e sempre será infestada pelos outros.

EMANUELLE COCCIA, *A vida das plantas*

Tenta então perder mais e mais depressa:
lugares, e nomes, e para onde se pretendia
viajar. Nada disso trará desastre.

ELIZABETH BISHOP, "One Art" [Uma arte]

Kati & Mona

Kati e Mona acordam mais cedo que de costume, quando o homem que cuida delas há meses na Unidade de Cuidados Animais chega à sua baia. Levantam-se sem nem mesmo se espreguiçar, prontas para despejar nele seu afeto com saltos e lambidas. Ele pressente que será a última vez que elas estarão juntas antes de abrir a porta para que galopem pelo corredor e saiam para brincar no quintal. Amarra no pescoço de cada uma delas um lenço azul. Mona parece não se importar que o pano que diz "Bogotá ama animais" abrace a pelagem ao redor de seu pescoço e bagunce sua cobertura marrom. Lambe o antebraço do homem com sua fé habitual, e pela primeira vez ele sente que a está traindo. Kati fica incomodada e abaixa a cabeça e se encolhe como se o lenço fosse um capacete de ferro que lhe pesa. Talvez se lembre da época em que foi castrada, meses atrás, poucos dias depois de chegar à Unidade, e teve de usar, atordoada, um colar protetor por vários dias.

— Vamos lá, não seja teimosa, você está linda.

Ele gostaria de aliviar sua perturbação, mas sabe que ela é teimosa e rebelde.

No corredor, Kati esfrega os pelos contra as grades das outras celas, lutando contra a euforia que sempre a toma quando é solta, ansiosa para abandonar toda a submissão com que a vestem. Talvez se lembre das madrugadas nas ruas em que ela pulava em torno da carroça estacionada no parque, um pouco de brincadeira, um pouco por recusa, quando Luis a enrolava num agasalho para protegê-la das geadas. Talvez esteja finalmente brotando de novo aquela veia indócil que sempre cultivou na rua e foi silenciada quando a polícia chegou e as escavadeiras demoliram sua casa.

Kati e Mona são as últimas a chegar ao pátio ensolarado aonde os cachorros vão para tomar ar naquela manhã de sábado. Talvez se assustem com o reggaeton que pela primeira vez explode ali, vindo de alto-falantes recém-instalados, abafando os latidos de alguns enquanto brincam. Ambas parecem estar felizes por ver os outros farreando, tão felizes farejando as bundas alheias, esfregando-se contra o cimento e reconhecendo-se nas dobras dos outros lombos. Como de costume, Mona segue Kati até o canto mais distante do jardim, onde fica o guaiaco. Ela faz xixi sobre a poça que a outra acabou de expelir. Depois volta ao concreto, que começa a esquentar ao sol, e se deita sobre as cadeiras, as patas traseiras no ar, para lamber a vulva vigorosamente, até que um dos novos filhotes pula sobre ela para implorar por brincadeiras. Como sempre, Kati vai para a penumbra mais distante nos fundos, onde a grama sobe em tudo com afã, para farejar a parede do pátio. Enfia o focinho por um buraco para capturar o que flutua pela rua, a qual, depois de tantos meses ali, ela certamente reconhece bem. Talvez aos sábados, quando há menos tráfego humano, a vida que se infiltra pela parede desgastada cheire diferente para ela. Certamente chega até ela o aroma das empanadas do carrinho instalado na esquina. O lixo que foi espalhado por um vira-latas há alguns dias e ninguém ainda varreu. O ar um pouco menos denso. Quem sabe aqueles cheiros de fritura, poeira e esgoto que vêm de fora lhe lembrem um pouco seus dias com Luis, quando recolhia sobras nos restaurantes do centro da cidade. Mas talvez não, o que não significa que em outros momentos não pense nisso.

Apesar da agitação de outros cães, nem Kati nem Mona parecem estar interessadas na gente nova que entra no pátio da Unidade. Dezenas de desconhecidos que estão ansiosos para salvar um animal desabrigado. Quem sabe qual é o cheiro da curiosidade nervosa (se é que isso tem cheiro) mesclada com detergente e sabonetes, e se esse aroma assaltará o focinho de algum cachorro.

Uma mulher recém-chegada estuda Kati quando ela regressa do fundo do pátio para o cimento onde os outros brincam. Examina seu trote. Gosta da insistência da cachorra em ficar xeretando pelos cantos. Sempre desconfiou daqueles que são bajuladores demais e não quer levar um cachorro carente que sai por aí implorando sem parar por carícias. Ao longe, Kati deita-se no chão e se remexe com as patas para cima, esbaldando-se sozinha em algum mistério. A mulher adora que ela seja tão dona de si, que quase lhe contagie o desejo de dançar.

De início ela queria adotar um cão policial aposentado. Um dos altivos labradores ou pastores-alemães que tinha visto tantas vezes no noticiário, estufando o peito ao lado dos carregamentos de drogas recém-apreendidos ou farejando pastagens onde as raízes e os fungos abraçam explosivos e corpos decompostos. Tinha ouvido no noticiário que a polícia os entregava para adoção quando atingiam certa idade ou depois de completar certo número de missões. Quando se aposentou do banco e comprou a casa de campo que um primo lhe vendeu em Boyacá, ela decidiu que tinha de dividir sua nova terra com um animal assim corajoso. Não entendia muito bem sua ânsia de sentir de maneira mais clara a bondade das coisas, de comprovar que a redenção existia em um mundo onde tudo parecia tão hostil. Ela estava pronta para explicar a qualquer um que sua nova casa estava numa área onde já não se sentia a guerra. Não mencionaria que uma vez apareceram pichações numa cidade próxima elogiando os paramilitares, pois isso havia sido anos antes de ela comprar o sítio. Não diria que nos vales distantes que podiam ser vistos dali da sua casa havia uma guerrilha algum tempo atrás e as máfias de garimpeiros de esmeraldas haviam se enfrentado.

Quando chegou ao evento de adoção de cães da polícia, uma semana antes de conhecer Kati na Unidade, atrasada como sempre chegava a tudo, os dois últimos cães disponíveis tinham acabado de ser levados. O oficial que a atendeu contou que os dias de adoção sempre eram muito concorridos, pois as pessoas apreciavam muito os cães por seu trabalho louvável. Foi isto que ele disse, trabalho louvável, e ela assentiu, sabendo ao mesmo tempo que a palavra escondia algo infame, o suplício de detectar produtos químicos proibidos e aromas fétidos e dores de guerra sob as ordens de policiais que aproveitavam a oportunidade de se tornar chefes de algo. O oficial aconselhou-a que chegasse cedo para o próximo dia de adoção, pois às vezes até trinta e cinco pessoas apareciam competindo para levar para casa apenas um casal de heróis caninos. Foi isto que ele disse, heróis caninos, e ela pensou que nunca tinha ouvido essa combinação de palavras, mas ele tinha razão em chamá-los assim. O homem, que falava como se os cães fossem seus filhos, explicou que a procuradoria tinha entre noventa e cem cães treinados e a polícia outros cinquenta, e que a cada ano se aposentavam uns dez. Que faziam uma cerimônia para eles e todos saíam condecorados com medalhas por seus serviços. Entre os feitos dos que foram adotados naquela manhã, uma cachorra havia detectado duzentos e cinquenta cadáveres em quase oito anos de busca por valas comuns em Antioquia e outros cento e vinte e três corpos enterrados no Meta. Mais dois cães ficaram famosos pelos carregamentos de cocaína que encontraram durante anos nos aeroportos de Bogotá e Medellín. Havia rumores de que até os narcotraficantes haviam oferecido uma recompensa por uma delas, Diva, famosa pela eficiência, então cuidaram dela como se fosse um político importante enquanto estava na ativa. Outra era especialista em farejar papel-moeda e durante anos cheirou dinheiro escondido entre divisórias e forros de malas. O último teve de se aposentar cedo, pois perdeu as falanges quando descobriu corpos derretidos com produtos químicos numa casa de pau a pique em Buenaventura e lambuzou suas patas com a substância corrosiva. A mulher sentiu pena de não poder dar a um daqueles cães uma floresta cerrada onde ele pudesse sentir o cheiro da terra de outra maneira, onde a lama abrigaria folhagens e pequenas criaturas da floresta, e não pós viciantes, carne humana queimada com ácidos ou trinitroglicerina. Ela se perguntou se o cadáver de alguém torturado cheiraria igual a ossos de esquilo, de rato ou de lagarto.

Quando ligou para a Unidade de Cuidados Animais após seu esforço fracassado com os heróis caninos, foi informada de que no dia de adoção que se avizinhava, cujo anúncio a mulher tinha ouvido no rádio, ela poderia adotar um cão vermifugado, esterilizado e identificado com microchip. Escolhido pessoalmente por ela. Fotocópia do documento de identidade, conta de luz, entrevista com um dos profissionais do centro e doação de pelo menos 50 mil pesos se ela pertencesse ao estrato três ou superior, o que era o caso. No abrigo ela poderia escolher entre cães de todos os tamanhos e de todas as procedências. Vira-latas, perdidos, abandonados, devolvidos, nascidos ali dentro. A mulher esperou uma semana, na esperança de encontrar um grande, robusto, que não fosse desgrenhado nem beiçudo e de forma alguma tivesse cara de chihuahua ou rabo de pompom. Que fosse como um daqueles que, de vez em quando, via cruzar sagazes a avenida Séptima perto de seu apartamento e que ela admirava em silêncio. Imponentes, íntegros. Soberanos e fortes.

Algumas noites antes de ir para o dia da adoção na Unidade, a mulher viu no noticiário a história de um homem que vivia na rua de um bairro de Ciudad Bolívar com onze cachorros que ele havia convidado para morar com ele no terreno baldio onde tinha sua barraca. O homem cuidava deles e os adorava, mas a polícia tinha ido destruir sua casa de lata e as casinhas que ele havia construído para os cães com papelão e madeira. Num vídeo feito por um vizinho, um policial gritava para o homem que desse no pé e que, se o vissem lá novamente, tocariam fogo em tudo. Em seguida, várias vizinhas se reuniram para reconstruir as casinhas com materiais melhores e fazer uma coleta para eles. Os cães são do quarteirão, essa é a casa deles e não temos problema nenhum com tê-los morando aqui, dizia uma das mulheres. Um veterinário assegurava que os animais estavam muito bem de saúde e que era evidente que o sr. Rodriguez cuidava muito bem de seus cachorrinhos. Ter um cão não é um direito apenas de pessoas ricas, dizia. A ouvidoria local investigava como ajudar o homem a encontrar um lugar para morar com seus animais e ter acesso aos serviços de esterilização. O sr. Rodriguez dizia "Não vou a lugar nenhum porque moramos aqui. Eu só quero cuidar dos meus cachorrinhos" e acrescentava que ele era um catador de lixo honesto e os cães eram sua família. A câmera mostrava vários dos cachorros, que o rodeavam e lambiam suas bochechas carinhosamente. A mulher tinha sentido vontade de chorar. Quis doar dinheiro imediatamente para ajudar na arrecadação, mas não sabia para onde enviá-lo. Pesquisou na internet, mas não encontrou nenhuma informação. Escreveu um e-mail para o veículo de TV pedindo para entrar em contato com o jornalista que havia feito a reportagem. As dúvidas que ela tinha sobre a adoção de um cachorro sem-teto tinham se dissipado completamente naquela noite. Quando desligou a televisão, pensou que aquilo era um sinal. Um chamado. Ficou satisfeita ao ouvir os parabéns da sobrinha quando ligou para ela e disse que faria isso.

Na manhã do dia da adoção da Unidade de Cuidados Animais, a mulher acordou cedo para comprar um pacote de biscoitos caninos (imitação de bacon) antes de dirigir para o que, em sua juventude, era chamado de canil municipal. Estava nervosa e, em um semáforo no meio do caminho, pensou em voltar atrás. Na infância, quando Linda, a cadela de sua casa, se perdeu durante uma festa de aniversário porque alguém deixou a porta aberta, ela chorou por muitas noites e em segredo, pensando naquele lugar assustador aonde levavam todos os cachorros recolhidos para serem eletrocutados. Mas ela soube pela sobrinha e por uma reportagem que viu no noticiário que a prefeitura proibira sacrificar os animais recolhidos e que todos eram postos para adoção.

Sua sobrinha, que tinha adotado dois gatos, havia lhe garantido que eles eram bem tratados e ela encontraria um que não estivesse traumatizado.

Mona não percebe que alguém sequestrou a amiga. Ela está ocupada brincando com o filhote que chegou há algumas semanas e esfrega sua pata traseira, como um ato de rebeldia contra sua recente castração. Parece gostar de brincar com o pequeno, cutucá-lo com suas patas grandes como se fosse esmagá-lo, sem chegar a isso.

Quando o homem levou as cachorras para fora naquela manhã, jurou para si mesmo que, se alguém adotasse uma delas, ele garantiria que elas pudessem se despedir. Mas há muitas pessoas para atender, e ele está ocupado mostrando às famílias os filhotes mais novos. Não consegue ver que Kati foi levada para a tenda de registro, onde uma mulher a examina.

Kati morde a coleira com a qual está amarrada e resiste ao puxão da assistente veterinária, como se percebesse a avalanche de exaltações humanas que inundam o pequeno pátio e preferisse a solidão de seu recreio. Ou talvez ela se lembre da ocasião em que os homens da Unidade a pegaram.

A mulher gosta que a cadela tenha um espírito altivo porque acredita que isso é um sinal de inteligência. Está aliviada por não precisar se preocupar com o fato de que não saiba andar com coleira, pois em sua nova casa no campo não precisará restringir seus movimentos. Kati tenta se esquivar dela, mas a mulher se aproxima e acaricia os pelos finos atrás das orelhas, onde ela adora mexer nos cães para se acalmar quando está nervosa. Há algo sobre a suavidade da cabeça de Kati, a curiosidade altiva com que ela olha para longe, que a convence de que ela é a escolhida. A mulher fica surpresa quando a cachorra se livra de sua mão para percorrer sua perna até a virilha com o focinho e farejar sua bunda.

— O que se sabe sobre essa menina bonita?

— Aqui a gente chama ela de Leidi. É muito provável que essa mocinha tivesse um dono, embora não saibamos bem porque ela foi recolhida da rua. Quando chegou, há seis meses, não apresentava sinais de trauma físico e estava muito bem alimentada. Tinha um pouco de sarna no lombo, mas logo foi tratada e já está bem. Os veterinários calculam que ela tem uns dois anos e meio, mas pode ser mais.

— E será que ela não está muito traumatizada?

— Ah, quando chegou, ela estava bem triste, não vou mentir. Mas na nossa experiência isso é normal, mesmo com cães que vêm direto de casas de gente rica. Tenha em mente que seria difícil para qualquer um de nós se fôssemos abandonados, não é mesmo? Mas, no fim, veja que ela se acostumou bem e está alegre. Todos os outros a respeitam e a amam muito, especialmente a companheira com quem ela dorme, que também está por aí. Se quiser, eu a procuro. As duas são inseparáveis.

— E com quem será que ela vivia antes? Não tem como saber se ela era de rua?

A assistente diz que a única coisa que podem garantir é que ela está com excelente saúde desde que está lá. A mulher acha o nome Leidi horrível e decide que, quando a adotar, encontrará um novo.

UNIDADE DE CUIDADO ANIMAL, BOGOTÁ D.C.

INSTITUTO DISTRITAL DE BEM-ESTAR E PROTEÇÃO ANIMAL

FICHA DE ADOÇÃO

1. Motivo da adoção?

Amor por todos os animais do mundo.

2. Você já adotou um cachorro antes?

Há alguns anos fiquei com a cachorra de uma amiga que foi morar na Argentina e não conseguiu levá-la. Tinha 5 anos e eu cuidei dela até os 10 anos, quando faleceu, e sempre nos demos muito bem. Não sei se essa informação é útil para vocês, mas talvez seja.

3. Você tem outro(s) cão(es) ou já teve um cachorro antes? Por favor, detalhe cada caso.

Quatro cães nos últimos 25 anos (aproximadamente). Não sei se isso conta, mas cresci com cães a vida toda, então a lista seria maior. Agora tenho um boxer de 10 meses que está comigo desde filhote e se chama Ladrão.

4. Você tem atualmente algum animal de estimação além de cães sob seus cuidados?

Cerca de 2 meses atrás chegou um gato que eu adotei, mas não sei se ele conta como meu animal de estimação porque na verdade minha vizinha que agora é minha caseira cuida dele na casa dela, então nunca o vejo. Mas sei que ele está bem e tomou todas as vacinas.

Se sua resposta para as perguntas 3 ou 4 for afirmativa, responda a seguir: Você mantém seus animais de estimação com as vacinas em dia, vermifugados e sob os cuidados de um veterinário?

Claro, sempre. Agora que moro no campo, levo meu cachorro ao veterinário da aldeia para vacinação e tudo mais.

5. Local onde o canino vai viver:

Sítio Nubes, vereda El Silencio, município de Miscua, Boyacá (é uma aldeia rural, por isso não há endereço exato).

6. Que tipo de residência e espaço ao ar livre o canino terá disponível para se locomover?

Casa de campo com 10 hectares de pastagens e floresta, a cadela poderá se movimentar livremente onde quiser.

7. Onde ficará o canino principalmente? Por favor, detalhe (interior, quintal, jardim, espaço exterior de um sítio etc.)

Ela vai ficar fora de casa, mas sua casinha será em um quintal coberto que ela dividirá com meu cachorro Ladrão. Ele provavelmente a deixará entrar na casa também, isso depende de se os dois se derem bem.

8. Quantas horas o cão passará fora por dia?

A maior parte do dia. Se chover, há áreas para se abrigar no quintal e as casinhas são cobertas.

9. Quantas horas o animal ficará sozinho?

Ela estará sempre acompanhada do meu outro cachorro, que lhes garanto que vai se dar bem com ela, porque é muito tranquilo. Além disso, agora moro lá em tempo integral e estarei com eles durante o dia, e quando eu estiver ausente a vizinha, que agora é minha caseira, sempre poderá cuidar deles, e ela é excelente com animais. Portanto, a resposta é nunca.

10. Complete a seguinte frase: O mais importante para mim é que meu animal de estimação...

me acompanhe, tenha uma casa e viva feliz.

Obrigado!

Muitíssimo obrigada a vocês, foi um prazer.

A mulher quase não consegue levar Kati até o porta-malas do carro porque ela se recusa a subir na segunda máquina que quer expulsá-la de seu cotidiano. Com esforço, a mulher levanta suas patas dianteiras até a borda do carro e empurra desajeitadamente as traseiras, frustrada com a força que perdeu nesses anos, apesar de passar tantas décadas fazendo aulas de pilates. Kati se contorce como se fosse um verme enorme até que desaba de lado sobre os jornais no porta-malas. Atordoada, volta a se pôr de pé, como se buscasse recuperar a dignidade.

— Muito bem, cachorrinha linda. Sim. Você vai ver que vai gostar muito da sua nova vida.

Sente-se estranha quando fala assim com a cachorra, como nunca fez antes com qualquer outro cachorro, mas acredita que isso poderia ajudar a amenizar a mudança. Ela a acaricia, aliviada porque o animal não lhe dá mordiscos (a mulher acha que, se ela mesma fosse uma cadela, teria pelo menos arreganhado os dentes). Está surpresa porque não tenta escapar. Entende que rejeite o biscoito com cheiro de bacon que ela aproxima do seu rosto e rosne suavemente de volta.

Kati está ofegante. Olha para um horizonte que parece existir atrás do corpo da mulher à sua frente. É impossível saber se ela está se perguntando para onde a estão levando. Arqueia o tronco em uma curva ainda mais torta para afastar o coração, como se, encurvando-se, pudesse suportar melhor o novo atordoamento. Parece um animal mal embalsamado.

Sua respiração ofegante não é mais o hálito de brincadeiras ou um leque que a refresca na sonolência. Talvez seja o desânimo que anuncia a injustiça de que outras pessoas insistam em minar sua altivez e sua força. Ela dispara sua respiração acelerada da mesma forma que fez no caminhão que a expatriou do centro de Bogotá seis meses atrás para levá-la ao encontro de sua Mona. Pode ser que hoje ela se lembre do cheiro daquele sequestro.

Mona

Ao se dar conta de que Kati não está perambulando pelos cantos do pátio, o homem que cuida delas há meses procura por Mona, a quem batizou de Rainha. Ela está esfregando o lombo contra a grama, sacudindo a alegria matuta que as manhãs ensolaradas lhe produzem. Alguém poderia pensar que ela dança ao ritmo do reggaeton dos alto-falantes que tocam uma música famosa que ele reconhece e sabe de cor, mas que desta vez não se sente capaz de cantarolar. "*Si conmigo te quedas o con otro tú te vas no me importa un carajo porque sé que volverás.*"* Os versos se repetem, mas ninguém parece reparar na promessa do retorno nem em seu desapontamento.

Quando chegaram à Unidade, Kati e Mona estavam sempre juntas no pátio. Como se alguma ligação tivesse sido soldada quando espalharam pela primeira vez o orvalho de suas narinas na cela e entrechocaram os rabos. Mas, com o tempo, o homem foi notando que, apesar de estarem sempre tão enlaçadas, elas se distanciavam quando estavam do lado de fora, como se aproveitassem para farejar o que transcendia suas próprias carnes e respirações. Agora ele sabe onde está aquela que adora brincar com o filhote, mas a outra não está em lugar nenhum. A assistente confirma que acaba de ser adotada.

— Ela quase não se deixa ser levada, a Leidi. É bem espertinha, aquela vira-latas. O que me alegra é que uma senhora a levou para um sítio. Dá para acreditar na sorte dela?

Apesar de estar no meio da brincadeira, Mona se deixa amarrar pelo homem e o acompanha sem resistência,

* "Se você ficar comigo ou me deixar, eu não dou a mínima porque sei que você vai voltar." Verso da famosa canção "Felices los 4", do cantor/compositor/ator colombiano Maluma.

atravessando o escritório onde várias famílias estão preenchendo fichas de adoção. Na beira da rua, além das grades que delimitam o estacionamento da Unidade, não se vê nada mais que carros passando, a quitanda aberta e duas pessoas caminhando. O cachorro da loja de ferragens do outro lado da rua aparece na calçada. Mona olha para ele e abana o rabo, e ele late de volta. A senhora do carrinho de empanada diz que não sabe quem saiu porque já teve muitos clientes. O homem se dobra em dois para abraçar Mona, mas também para suportar melhor a vergonha que o esmaga, sem saber como dizer à cachorra que o confinamento está prestes a começar a machucá-la um pouco mais.

— Não se preocupe, lindinha, você vai ver que vão te levar pra uma casa legal e você vai ser muito feliz também. É capaz que você vá ainda hoje. Prometo que sim. Conte comigo, vou fazer todo o possível.

Mona parece gostar que ele coce a pele pintalgada de sua barriga, por onde seus mamilos assomam, e desaba no chão com as patas para cima para que ele a acaricie melhor.

— E, além disso, a Leidi vai se lembrar para sempre de você. Pode apostar nisso.

Sua voz se esganiça quando ele tenta dizer a ela que ambas têm boa memória e que é impossível esquecerem tudo o que passaram juntas. Decide ficar calado. Ele se lembra de sua mãe repreendendo-o quando criança por ser chorão. Pensa no vira-latas preto do qual cuidou há alguns anos na Unidade até que uma família o levou e depois o devolveu passados seis meses, com a respiração entrecortada, destruído por dentro. Ele se pergunta se o mesmo acontecerá com sua Leidi.

Mona olha para ele, aparentemente um pouco confusa por estarem pela primeira vez na calçada daquela rua que ela deve conhecer pelos cheiros que chegam ao pátio, mas que nunca tinha visto antes. Será que ela vai se lembrar da angústia que a atacou na margem do parque onde foi abandonada pela mulher que a criou? Como sempre fazia com as pessoas da casa onde foi filhote, ela passa a língua sobre a bochecha recém-barbeada do cuidador que agora se ajoelha para acariciá-la. Talvez perceba a tristeza dele e sua culpa e queira amenizar seus lamentos. Derrotado, ele volta para a Unidade com ela, pensando que deveria adotá-la, embora não saiba como conseguiria manter uma cachorra tão grande trancada o dia todo na quitinete que divide com a tia. Machuca-o prever que agora passará seu tempo tentando explicar à cadela as razões de sua solidão. E se procurar os dados da mulher que levou a outra e telefonar para ela? Dizer-lhe que ficou faltando algum documento ou confessar que as cachorras precisam pelo menos dizer adeus para que não fiquem abatidas pela tristeza. Ele não sabe o que é lamber e cheirar despedidas, mas sente que pelo menos seria bom juntá-las uma última vez para que pudessem traçar os contornos da partida. Ou talvez não haja ritual suficiente para essa despedida. Imagina que seria inútil tentar convencer a mulher a adotar as duas. Quando ele solta Mona de novo no pátio, sabe que, se quisesse começar a consertar o que está se rompendo, teria de acompanhar a cachorra por várias noites na lajota fria de sua cela. Acariciá-la em sua vigília solitária para tornar a ausência repentina menos abrupta. Amenizar de alguma forma o novo abandono.

Kati

Embora seus músculos pareçam entorpecidos e frágeis, Kati tenta se manter em pé a todo custo. Luta contra as curvas e as freadas do carro que a sacodem o tempo todo, querendo dobrar seus ossos. Ofega mais, manchando o papel que reveste o chão com sua baba. Na saída da cidade, na rodovia apinhada de caminhões e ônibus (que talvez ressoem como suas ruas de antigamente), suas patas por fim desmoronam e ela se deita. Mas mantém a cabeça erguida, como insinuando que ainda não se resignou nem se esqueceu. Em seguida, começa a soltar ganidos agudos que depois descem até a gravidade do rosnado e sobem de volta ao lamento. Canções insubmissas que alguém confundiria com tristeza. Sua voz parece estar carregada de menos furor e mais perguntas do que aquela que ela conjugava em seus dias na rua. Profere ganidos mais longos do que entoou nos primeiros dias de seu exílio na Unidade, quando lustrava com soluços tristes os ecos das celas. Mas Mona, tão curtida quanto ela pelo abandono, não está mais lá para tentar acalmá-la. Não pode mais se deitar ao lado dela e enterrar o focinho em seu pescoço, como que para garantir que ambas são bem-vindas.

A mulher olha a todo instante pelo retrovisor. Ela se pergunta se foi uma boa ideia adotar uma cachorra mais velha em vez de pegar um filhote sem manhas.

— Não se preocupe, cachorrinha, fique tranquila que estou te levando para um paraíso que você vai gostar, muito mais lindo que aquele canil gelado. Você vai ver, filhota. Espere e vai ver, não vamos demorar muito.

Kati uiva mais. Como na noite em que Luis foi levado, seu nariz está opaco por causa da secura.

— Não se preocupe, você vai adorar esse campo onde vai poder correr e a casinha linda que tem para você lá, que é só para você. Sim, minha cachorra linda. E você vai poder fazer o que quiser e vai se tornar amiga do Ladrão, que eu juro que vai te amar muito, porque ele é um cachorro divino e amado, e você vai ser feliz. Fique tranquila e não chore mais.

O choro de Kati desmente as palavras da mulher. Ela desliga o rádio e o liga novamente. Atordoada por não saber como explicar a mudança, volta a se perguntar onde a cachorra vivia antes. Imagina-a em um pequeno apartamento no sul de Bogotá, onde não podiam mais cuidar dela porque cresceu demais, como aconteceu com a adotada por uma amiga do trabalho, que era de sua caseira. Ou perdida em um parque, porque os cães se perdem muito em Bogotá, como todos sabem. Ou foi roubada e escapou dos captores? Ela deseja que a cachorra não tenha precisado crescer na rua. O fato de ela ter tido de andar alguns dias farejando lixo nas calçadas não é tão grave, mas viver desde que nasceu no concreto rachado, na sujeira dos parques cheios de poças, na poeira que margeia algumas pontes e que ela evita ver do carro porque sabe que ali há gente escondida, isso sim a preocuparia. O que haveria entre a vida anterior e esta? A mulher tem certeza de que poderia ajudá-la a se alegrar, se soubesse.

Quando Kati para de ganir, as trompas de uma sinfonia que anuncia triunfos distantes explodem no rádio. A mulher aumenta o volume com a esperança de que essa melodia alivie a tristeza de sua nova companheira. Ofegando, Kati parece ignorar a melodia que retumba entre a combustão do motor, a reverberação do ar-condicionado e a vibração da lataria do carro. Talvez sinta sede. A mulher não consegue vê-la no retrovisor, mas fica aliviada por ter parado de se lamentar.

Na viagem de duas horas e meia, toda vez que Kati se levanta para anunciar sua inquietação, a mulher começa sua cantilena do banco do motorista, lembrando-a de que ela é linda e corajosa. Embora levante as orelhas ao escutá-la, a cachorra se recusa a olhar para a fonte da voz. Desenrola seu corpo curvado e espremido como se não soubesse onde colocar seus ossos, talvez suspeitando de um perigo que nasce nas próprias entranhas de seus músculos. Continua como afastada de sua própria carne. Com certeza nunca viu a terra se deslocar tão rápido. As pastagens arborizadas, os campos de milho e batatas, os caminhões basculantes e as carretas que o carro ultrapassa na longa subida até o páramo. As manchas desbotadas por trás do vidro embaçado. Talvez não se pergunte sobre nada disso. Seus olhos parecem querer se enroscar em um profundo tremor interno. Enclausurada no metal, talvez tampouco consiga sentir o cheiro dos cães e das vacas bem distantes, das plantas arrancadas, de excrementos e inseticidas, fumaça de fornos de tijolos e fogões, lama arada, penas de galinha. No fundo de sua respiração ofegante, cultivará algum alento? Atordoado, mutilado, nauseante talvez, depois de tantos saltos, mas um alento que conte algo mais do que o exílio.

Quando o carro finalmente para, depois do balanço das curvas e dos buracos na estrada não pavimentada da última parte do trajeto, Kati se põe de pé rapidamente, como se uma mola tivesse sido impulsionada contra sua vontade. Na borda do porta-malas aberto, enquanto o vento a penteia, ela olha atordoada para pastagens e florestas que não exalam cheiro de asfalto ou combustão ou desinfetante de canil. Seu focinho trai sua curiosidade quando aspira o corpo cordial de uma nova mulher que se aproxima dela. Notará, talvez, a oleosidade de frango e lanolina que se agarra ao seu avental, as mãos imantadas de cebola, coentro e removedor. Por trás dessas carnes robustas, talvez Kati perceba as resinas e as fibras da nova folhagem trazida pelo vento e os rastros dos vários animais que passam por tudo isso. Será que algo de seu passado vai ressoar ali? Talvez se pergunte por Luis, por Mona, pelo homem do canil. Se alguém está esperando por ela ali por perto. Ou talvez nada disso.

Ninguém que a visse ali, paralisada na beira daquele carro sujo, tensa e encolhida, pensaria que ela é tão ousada. Que já pulou muitas vezes do alto de muros e carroças. Que quando galopa rapidamente não carrega aquele peso que agora mortifica seus ossos.

A mulher pede para a que trabalha para ela que pegue a cachorra pela coleira.

— Só me faltava que, depois de tudo isso, ela escapasse. Ela se chama Leidi, mas vamos ter de lhe dar outro nome.

A caseira acaricia a cabeça da cadela, tentando entender seu desânimo.

— Boa tarde, menina bonita. Parabéns, dona Gloria, ela é muito linda. Olhe só que pelo brilhante, e não está magra de jeito nenhum. Está muito bem cuidada.

Kati se deixa tocar por ela com resignação e sem rosnar, fazendo-se menor, mas evitando os olhos de ambas, que a procuram.

— Não me dê parabéns, Teresa, você vai cuidar dela também.

— Claro, dona Gloria, mas meu conselho é que a senhora não ponha outro nome nela agora, que isso vai confundi-la mais, e agora precisamos que ela se acostume com o lugar.

A caseira levanta a cadela e a põe no chão sem a menor relutância, como sempre fez com bezerros, galinhas e ovelhas.

Kati se estira e se arqueia quando toca a terra, como se procurasse lubrificar com brio as articulações lesionadas pela viagem. Parece não saber o que fazer com o rabo hesitante, se escondê-lo ou libertá-lo da prisão das pernas. De repente, quando toca a grama com as almofadas das patas, algo talvez lhe anuncie que ela deveria fugir e galopar por pastos e montanhas em busca de Luis. Ou será que quer voltar para Mona? Também pode ser que o extravio tenha mutilado seus desejos. Ou que, ao tocar a madeira da floresta e suas folhas decompostas e a insistência da água que se infiltra em tantos buracos, comece por fim a medir sua perda.

Amarrada à coleira, ela arrasta a caseira para um dos sulcos que margeiam a casa. Lança um grande jato de xixi bem perto de uma minhoca. A terra escura e grumosa das hortênsias deve ter, para ela, um cheiro muito novo. Certamente, tudo soa diferente também. Uma expansão sem máquina. Uma infinidade de árvores como ela nunca viu que abafam qualquer rumor quando chacoalham com o vento. Então aponta o focinho do topo daquela montanha para as pequenas planícies e colinas que se estendem à sua frente. A amplitude da folhagem sem prédios ou carros deve ser estranha para ela. Talvez seu corpo sinta isso.

Em Bogotá, apenas uma vez atravessou uma floresta e subiu a montanha, quando ainda vivia com Luis. Ela o acompanhou subindo pelas ruas estreitas do bairro Egipto e depois por eucaliptos e pinheiros até uma clareira muito alta em uma das colinas. Talvez ela se lembre de alguma coisa do entardecer de nuvens emboladas e rechonchudas, do pó alaranjado que cobria aquela cidade com ânsia de oeste e do cheiro de montanha resguardada da fumaça, tão novo para ela.

Tragar tudo com o nariz, deixar que todas as resinas invadam seus buracos, lambuzem suas vísceras e vibrem. Farejar o barro mais escuro em que já esteve, cheirar os bosques de carvalhos cobertos de musgo com seu colchão de folhas e tear de cogumelos, e o ânimo persistente do barranco que respinga abaixo. Roçar a neblina que penetra nela. Perceber os cadáveres de tantas criaturas que sustentam o solo e o zumbido de tantos insetos. Como conceber tudo isso pela primeira vez? Alguns chamariam isso de trabalho ingrato, às vezes infeliz, de traçar novas coordenadas. Outros pensariam que tal tarefa é alegre porque liberta.

Ladrão vem correndo para cumprimentá-la com saltos inquietos, fazendo um barulho com seu latido de cachorro mimado que nunca uivou uma ausência. Como se reconhecesse que é uma forasteira, Kati se enrijece novamente e se aquieta. Ela se eriça toda e rosna suavemente enquanto ele fareja ansioso seu traseiro e a vulva. Parece estar prestes a grunhir com a cólera de sua época de rua, quando defendia a carroça a céu aberto. Ladrão abana o rabo e salta por perto como se pedisse desculpas, convidando-a para ser sua dona. Ela parece duvidar dos elogios. Fareja-o de novo com relutância, anunciando, talvez, que a amizade prometida não a convence. Ladrão é maior que ela, mas parece entender que, apesar de ter chegado arrasada, Kati é guiada por uma fúria soberana. Aplacada, mas latente.

A cachorra puxa a mulher que a amarrou na coleira para a parte mais afastada do jardim. Talvez, se estivesse na rua ou com Mona na Unidade, não andasse apequenada pelo caminho do pátio, como pedindo licença. O cão as segue, balançando suave e alegremente, tornando mais evidente a desolação que assola o corpo da cadela. Ambas as mulheres estão aliviadas por não ter havido briga.

A tarde vai escurecendo para que as rãs comecem o alvoroço. Talvez Kati se surpreenda com esses cantos diáfanos que nunca reverberaram pelo centro da cidade (só seus antepassados que viveram há mais de um século teriam conseguido ouvir as rãs do rio Vicachá antes que tivessem cortado todas as árvores que o abrigavam e o escondessem sob o cimento de Bogotá e, com isso, o despojassem de seu nome e das criaturas). A mulher que a adotou decidiu deixar a cachorra passar a noite dentro de casa porque teme que ela fuja, embora, quando se mudou para lá, tenha prometido a si mesma que não dormiria mais com animais dentro de casa, e então treinou Ladrão para ficar do lado de fora. Kati cruza o umbral, reticente, resistindo ligeiramente à puxada da coleira. Com a velocidade de um lobo de caça, procura um cantinho na cozinha quando percebe que está solta. Enrosca as carnes no canto das vassouras, que caem sobre ela. Recusa-se a sentar-se no tapete que a dona da casa lhe implora para ir ocupar debaixo da mesa. Ignora o prato de comida que ela lhe traz.

— Por que você está tão preocupada, cachorrinha? Veja, nós chegamos, e esta é a sua nova casa. Não me olhe assim, claro que estou falando a verdade.

A mulher lembra que decidiu conversar com ela e, pela primeira vez, se sente desconfortável em falar com um cachorro.

— Eu sei que é difícil se mudar, Leidi, mas você vai ver que sua vida aqui vai ser espetacular. Muito melhor que em Bogotá. Sim, porque você é uma mocinha corajosa e bonita.

Kati ofega e olha para a porta, vigilante.

A mulher fica mortificada por não saber o que a cadela está pensando. Será que está duvidando de sua bondade? Estará questionando-a por levá-la até lá? Ela se pergunta se a cachorra algum dia vai lhe demonstrar a gratidão que ela merece. Seu nome volta a lhe parecer estridente, mas ela sabe que mudá-lo agora seria uma péssima ideia.

Kati recusa o pedaço de queijo que ela vem lhe oferecer. Tenta recuar ainda mais, recolhendo-se para trás em direção às próprias costelas quando a outra tenta acariciá-la. Finalmente, talvez sabendo que está encurralada, ela permite que passe a mão por sua cabeça. A mulher se pergunta novamente se cometeu um erro, se não teria sido melhor adotar um cachorro com um passado conhecido. Lamenta não ter esperado mais alguns meses e comprado um dos filhotes recém-nascidos da labradora de uma amiga, mesmo custando tão caro. Então, lembra-se da sobrinha que a convenceu a resgatar um cachorro órfão e pensa como é louvável aliviar a solidão de outro ser. Na primeira foto que tira dela, a cachorra sai toda enroscada, como se estivesse melancólica, olhando para um horizonte que ultrapassa as paredes que a cercam. Manda para a sobrinha e acrescenta:

> Finalmente a adotei. O nome dela é Leti. Acostumando-se aos poucos!

Kati cheira a lajota recém-esfregada que exala um perfume que deve ser novo para ela, tão diferente da madeira da carroça, da fuligem da rua e do cloro de sua cela. De vez em quando, levanta o pescoço e olha pela janela da sala de jantar como se desejasse estar do lado de fora. Os ofegos sobem de seus lábios negros enquanto tenta recostar a cabeça de novo. Ela se sobressalta várias vezes pela explosão dos troncos na lareira, que crepitam. Apesar de enterrar o focinho contra a barriga, retorce o olhar para estudar pelo canto do olho a mulher que anda à vontade pela casa. Ela a observa desembalar caixas e malas. Parece estar perturbada com a voz apaixonada com que a outra canta boleros. Registra seus altos e baixos como testemunha no cativeiro.

Começa a latir quando a mulher está no banheiro cutucando a unha encravada que um fungo fez de casa por anos. Responde ao latido de quatro enormes mastins, presos num sítio próximo, que todas as noites uivam melodias desconsoladas. De longe os cães parecem culpar o cosmos por seu confinamento, como se entoassem a nostalgia do passado ancestral de movimento que suas falanges intuem, mas que nunca encontraram no pequeno jardim onde vivem. Kati levanta as orelhas e eriça o lombo, talvez tentando decifrar as ondulações dessa triste canção. Ladrão se junta de fora. A mulher teme que esses cães contagiem a cachorra com seus lamentos.

— Eu sei que a cachorrinha está estranhando. Sim, senhora. Mas não dê ouvidos às queixas desses cães raivosos que não moram aqui. Pois aqui você é livre! Vou até te convidar a vir comigo e dormir no meu quarto. Venha! Você vai ver que agora vai conseguir se acalmar. Venha agora! Leidi!

A mulher bate os pés e vê que a cachorra, imóvel, a olha brevemente, como se examinasse seus ossos. Pensa nas reprovações que teria feito a mãe, que criou todos os seus poodles com uma disciplina férrea, sem mimos, contente com a autoridade que os obrigava a cumprir eficazmente todo tipo de ordens quando ela mesma seguia as do marido. Se a velha ainda estivesse viva, voltaria a questionar a ternura da filha, os arroubos que a levam a querer abraçar cada cachorro e receber as lambidas deles. Também teria criticado o nome e a procedência duvidosa da cachorra.

Kati abaixa o focinho e, pelos lábios fechados, deixa escapar um último latido. A mulher sabe que não é uma boa ideia obrigá-la a se mover de lá. Gostaria de convencê-la de algo antes do fim do dia, porém não sabe mais o que pedir a ela. A angústia de pensar que o jogo de súplica que acabou de começar naquela manhã vai se estender demais. Que ambas se cansem na tentativa. Ela se pergunta se na Unidade a receberiam de volta.

— Então durma aí bem quietinha, sem fazer alvoroço, porque todos nós temos que descansar depois desse longo dia e de todo o esforço que fiz para trazê-la até aqui. Amanhã você começa a se acostumar, está bem? Você vai ver que sim. E também vai ficar mais agradecida. Ouviu?

Kati olha atentamente para as cortinas, como se a mulher fosse um incômodo que não a deixa decifrar bem os lamentos dos outros cachorros.

Depois do sudoku noturno que ela se obriga a fazer todas as noites para evitar a demência senil, a mulher põe tampões de ouvido. Ela sabe que deveria ficar atenta caso a cachorra se rebele de alguma forma, mas teme que mais uma noite de sono ruim desencadeie as enxaquecas novamente e a jogue na espiral de insônia que sofreu por meses, desde que sua mãe morreu e ela e seus sete irmãos começaram a sopesar até a última colher que a idosa deixou, quanto valia e que importância tinha, e as brigas começaram.

Antes de se esconder entre as cobertas para se isolar do frio que costuma penetrar pelos poros da casa, a mulher teme que a cachorra urine em um tapete ou morda ou arranhe alguns dos móveis que acabou de herdar, que lhe custaram tanto esforço e dinheiro ao trazê-los de Bogotá para aquelas colinas. Armários, mesas e poltronas enormes, que ela não conseguiu vender e sabe que estão sobrando naquela casa rústica e pequena. Objetos que lembram a casa enorme da mãe, onde ela passou a infância e onde teve de se munir de toda a paciência enquanto cuidou da idosa. Está cansada e sabe que a cachorra não vai ouvi-la naquela noite. Se proíbe de concluir que alguém chegou para perturbar a quietude noturna que ela preza desde que enterrou a velha. Caminha até a soleira, diz um até amanhã que Kati parece ignorar, apaga as luzes e entrecerra a porta.

Kati se levanta para beber água quando a mulher já está dormindo. Esvazia a tigela com lambidas urgentes. Fareja a comida, mas não a toca. Talvez toda aquela bagunça tenha lhe tirado a fome. Vaga pela sala que também é uma sala de jantar, sem que os sofás, a poltrona, as cortinas ou o tapete persa pareçam lhe dizer qualquer coisa. Sente o cheiro das fibras e das lacas brilhantes daqueles objetos que nunca viu e não sabe como residem ou o passado que acolhem. Fareja as bordas da geladeira como se procurasse vestígios da vida que habita em seu interior. Venta lá fora. Os pequenos sinos que pendem no pátio marcam uma solidão oca e solene. Levanta as orelhas, como se tentasse entendê-los. Será que esse tilintar vai lembrá-la do carrinho de sorvete do homem que costumava cumprimentar Luis na avenida Séptima? Late para a porta da frente, como se estivesse se preparando para começar a uivar, mas decide deitar novamente no canto escolhido. Talvez por coçar, ou talvez por hábito, mordisca a planície onde cresce seu rabo, como faz desde pequena. Talvez evoque Luis, que fuçava seus pelos quando a encontrava rasgando sua pele assim, preocupado que estivesse com sarna. Espirra. Lambe os joelhos com uma língua carinhosa, como se compadecendo. Que cheiro de Mona ainda a impregna? Que resíduo, que pelo ainda está enrolado em sua pelagem que anuncia que a outra ainda está lá, que narre o tempo que passou embolada com ela? Enrola-se como se estivesse avariada. Três ganidos ecoam em sua boca sem que ninguém os ouça.

Às vezes, durante as horas em que consegue dormir, suas patas se agitam como se estivesse galopando. Às vezes exala com força pelas bochechas, mas não acorda. Outras vezes, um músculo solitário treme. Deve estar fugindo de algumas pessoas que querem pegá-la, perseguindo o camburão que levou Luis, atravessando o Parque Terceiro Milênio para cumprimentar outro cachorro, brincando com Mona naquele breve cosmos que encontrou no pátio da Unidade. E se o sonho dela não for um sedimento de memórias, mas um vaticínio? Correr pelos campos, esgueirar-se sob o arame farpado para ir buscar comida, encontrar uma guarida segura, galopar onde puder, em direção a Luis ou Mona ou ao homem que cuidava dela. Ou talvez apenas sonhe com aromas ou redemoinhos de cor, fractais brilhantes, furacões densos, tutano delicioso ou coisas incompreensíveis que nunca saberemos.

De manhã, Kati se apressa para ficar de pé quando a mulher se aproxima para acariciá-la. Suas articulações ainda parecem dobradiças enferrujadas. Ela se recusa a olhar para a tigela de comida que ela lhe traz.

— Como passou a noite, cachorra linda? Sim, muito linda e muito corajosa em sua nova casa, minha cachorrinha. Parabéns!

A mulher lança seus apelos com os lábios dobrados em ternura, encorajando-a a comer. Aquelas melodias lisonjeiras que ninguém jamais lhe direcionou devem soar estranhas para Kati. Nem Luis, nem seus amigos na rua, nem o homem que cuidava dela na Unidade a elogiavam com esse tom tão enjoativo e suplicante. Olha para a mulher de seu canto, arqueando as costas contra a parede, e a outra se pergunta se aqueles olhos castanhos estão implorando por algo que ela não consegue descobrir ou se a estão xingando pela mudança de casa. Corta um pedaço de carne e o deixa por perto.

— Você vai gostar disso. Sei que você é um pouco teimosa, mas eu te entendo, porque sempre me disseram que eu tenho temperamento forte e tudo bem, especialmente neste mundo tão cheio de pessoas medrosas, de mulheres que falam como meninas e sorriem o tempo todo para fazer todo mundo feliz. Sim, linda. Gosto de pessoas que sabem dizer o que sentem.

Depois de farejá-la mais do que faria em Bogotá com qualquer sobra perdida, Kati engole a carne. Talvez ela ache deliciosa. Talvez nunca tenha provado algo tão fresco em toda a sua vida.

A mulher se alegra de que a cachorra tenha recebido um pedaço dela, mas ao mesmo tempo fica irritada por ser tão ingrata. Queria perguntar se ela preferiria estar no canil gelado e não ali, tão bem cuidada, mas se contém. A cadela olha para as montanhas nubladas quando a mulher abre as cortinas.

— Se quiser, saia e diga olá ao seu amigo Ladrão, que está esperando por você.

Ao vê-la cruzar o limiar, furtiva e de cabeça baixa, a mulher se pergunta o que aconteceria se a cachorra escapasse. Na Unidade, foi informada de que a cachorra tinha um microchip instalado nela, mas não perguntou como funcionava ou onde havia sido embutido. Imagina um aparelho que emite sinais do peito para uma antena, mas sente que nenhuma onda seria suficiente para encontrar uma fugitiva no topo daqueles morros onde os picos se multiplicam e o celular funciona a duras penas. Se ela fugisse, além disso, talvez ninguém a visse passar por aquelas terras onde há apenas alguns velhos camponeses que se recusam a se exilar na cidade e um par de cabanas campestres de pessoas da cidade que quase nunca vão ali.

Como quem suspeita de uma armadilha, Kati caminha lentamente pelo corredor que margeia a casa, onde os gerânios que a mulher trouxe recentemente da cidade começaram a florescer. Ela se refreia quando Ladrão se aproxima como um gafanhoto gigante. Ela levanta o rabo sem rosnar e arqueia para se espreguiçar ao lado dele. Com certa relutância, como se tivesse de seguir alguns rituais obrigatórios que não podem escapar aos de seu sangue, aspira por alguns segundos o ânus do outro, que lhe bate o rabo estendido com as patas para cima. Depois o ignora quando ele se vira com um salto súbito, implorando para que ela brinque.

Interrompe seu caminho para o jardim para pousar o focinho em um dos besouros moribundos que agitam as patas na lajota depois de uma noite tentando se virar. Talvez o cheiro de angústia do inseto desconhecido que agoniza seja novo para ela. Determinada, ela vai em direção às plantas com um trote mais preciso, semelhante ao que tinha quando se adiantava a Luis na avenida Jiménez, determinada a procurar ossos nas calçadas. Urina entre as hortênsias e os copos-de-leite. Caga aos pés de um agapanto. Durante muito tempo encara o ar carregado pelo sopro da lama do barranco, que deve ser mais leve e doce do que qualquer outro que já tenha entrado em suas narinas. Talvez o orvalho insinue algo das manhãs frias no parque onde ela passou seus últimos dias com Luis. Mas certamente, nesses montes espremidos de floresta, no sopé dos picos que abrigam as altas planícies, o vento estende um manto distinto em suas vísceras. Como ela sonda a trama que se expande à sua frente? As enormes árvores que se sacodem com paciência para anunciar que ali permanecem, as rochas que murmuram durante séculos nas falésias, os cogumelos brotados que se espalham pelas correntes subterrâneas, o falcão que sobrevoa lá em cima e a peregrinação fiel das andorinhas. Talvez seja essa efervescência de extremidades, lodo e folhagem que a faz dobrar o rabo e apontar o focinho para cima, para examinar toda a fecundidade, a putrefação e as sobras. Isso vai tirá-la um pouco de sua infelicidade?

O zumbido de uma abelha ao lado dela a desconcerta. Alça as orelhas e tenta concentrar o olhar no mistério que busca acariciar uma flor. Examina a desconhecida, talvez para entender como é diferente de uma mosca. Ela não sabe que a abelha também é uma forasteira, que há três meses um caminhão que a mulher contratou a baniu com as demais do reino de toda a sua vida para depositá-la com seu favo de mel naquelas montanhas chuvosas. Que ela foi transferida com sua colmeia da savana de Bogotá logo depois que a velha rainha tinha acabado de se exilar e a nova começara a botar seus ovos para repovoar o clã. Entre o tremor e a lambança daquela jornada, a maioria morreu. Aquelas que permaneceram vivas saíram para um mundo desconcertante de chuvas e brumas, traçando novas rotas para flores nunca antes vistas. Kati ignora que a abelha também é a sobrevivente de uma emboscada, que está há meses procurando e memorizando novas rotas — como agora ela mesma terá de fazer — e que, apesar da ressaca da viagem, continua cuspindo, generosa, o melaço de suas entranhas.

A mulher aproveita que o dia começa a se tornar límpido e as nuvens são menos intrusivas do que o habitual para pedir à caseira que dê banho na cachorra quando chega para fazer a limpeza matinal. A mulher sabe, porque foi informada pelo primo que lhe vendeu a casa, que a vizinha que ela contratou tem um jeito especial com animais e há rumores de que ela pode prever o futuro apenas ouvindo zumbidos, uivos, cantos e balidos. Na entrevista inicial que a recém-chegada fez com aquela que sempre morou lá, ela havia explicado como podia conversar com muitos seres, entender suas dores e perceber seus ritmos secretos. Que sabia salvar vacas com o bezerro embutido dentro sem pôr o parto a perder, criar bezerros e potros órfãos, discernir os balidos que anunciavam uma doença daqueles que sugeriam uma placenta presa. Que podia socorrer vacas e cavalos que estavam inchados por comer grama molhada após a geada, curar com massagens cães convulsionados e reviver os envenenados, e salvar qualquer um das picadas de escorpiões e porcos-espinhos, incluindo os humanos. Da janela, a mulher observa como a caseira carinhosamente dá tapinhas nas ancas da cachorra e a agarra pela coleira, esfrega seu pelo molhado e desembaraça o rabo que ela mantém entre as pernas sem que a outra proteste. Ela se incomoda com o tom desafinado em que canta *rancheras*, mas fica feliz por tê-la contratado, mesmo que haja dias em que se sinta culpada por estar gastando parte de sua pensão com o salário dela.

Kati dá pequenos passos para se afastar da mangueira, mas a mulher a prende entre seus joelhos. Os rastros de Mona vão indo embora com a espuma do xampu perfumado que percorre sua pelagem até pousar nas lajotas do pátio. Por qual resquício Kati agora será capaz de se lembrar de sua antiga companheira?

— A água está congelando, eu sei, mas vamos terminar e você vai ver como ficou elegante. Você nunca deve ter tomado banho naquele canil, né? Só de vir da cidade você já tem que estar muito suja. Eu sei que está chateada, mas isso vai te animar, vai ver. Vai passar uma borracha por cima de tudo.

Talvez Kati se lembre do banho que recebeu no dia em que chegou à Unidade, que foi a primeira mangueirada de sua vida. O aroma adocicado do sabonete e o pó pungente que lhe jogaram depois, que ela então tentou, sem sucesso, remover, esfregando-se contra as paredes sujas da cela. E como sua pele começou a tremer até que o homem a levou para o pátio e ela se aqueceu no concreto ensolarado.

— Fique tranquila, não pense que vamos te importunar aqui o tempo todo. Não, senhora. A menos que se torne espertinha e se meta a nadar no lamaçal como faz o Ladrão, que se joga nos pântanos lá embaixo e depois chega como um porco pra me sujar toda e então não há mais remédio a não ser usar a mangueira.

Kati evita olhar para ela, como se estivesse ofendida, e espera estoicamente que a outra termine de secá-la com uma toalha para sacudir-se.

— Não se esqueça de que você já chegou em casa, ouviu, Leidi?

Ela se arrepia como se, além do frio, com a umidade sentisse o desamparo de maneira mais patente. Ladrão se aproxima bailando. Ela o evita e galopa no jardim para se enroscar nos arbustos e se esfregar de ponta-cabeça contra a grama.

De dentro, a outra mulher empurra a janela com muita força.

— Puxa, Teresa, ela não vai fugir de nós agora?

— Não se preocupe, dona Gloria. Está um pouco emburrada, mas já vai passar. Não se preocupe, eu já lhe expliquei que ela agora mora aqui e ela já entendeu, vai ficar com a gente.

Kati passa os primeiros dias cravada no chão, como se uma sucção subterrânea quisesse sugá-la em direção ao centro da terra. Quando foi arrancada de Luis meses atrás, procurou seu rastro com ferocidade pelas ruas esburacadas de Bogotá que ela conhecia desde filhote. Quando foi deportada para a Unidade, ela o chamou por dias com raiva babada e grunhidos, até que Mona chegou para convencê-la a brincar com ela. Talvez no desenraizamento daquelas montanhas de raízes profundas e criaturas tão novas seus mapas tenham colapsado, seu compasso tenha se esfumaçado. Ou será que, depois de tantas mudanças, sua fúria se desgastou? Pode ser que, afinal, Kati não saiba que apetite cultivar agora entre os arrebatos daquela folhagem. Talvez isso a deixe atordoada ou cansada. Ou ela de repente perceba que, se permanecer quieta, poderá decifrar melhor o murmúrio de tantos seres brincando por perto. Dorme pouco, mesmo que passe longos momentos deitada. Dobrada entre suas carnes como se quisesse desaparecer, de vez em quando levanta a cabeça para investigar a dança das árvores aferradas ao seu barro. É impossível saber o que as profundezas que ela fareja devolvem. Às vezes, com a cabeça no chão, estuda pelo canto do olho as idas e vindas das mulheres dentro e fora de casa. Alça as orelhas quando a conversa das duas ressoa ou a vizinha cantarola músicas enquanto arruma a casa da outra.

Não parece incomodá-la quando as nuvens descem à sua pelagem para ocupar tudo sem conquista e entregar-se a todas as fibras. Não se mexe quando elas entram o tempo todo, pacientes e pegajosas, para cobrir aquele cume que as mulheres querem convencê-la de que é seu. Depois de tantas madrugadas nas ruas de Bogotá, talvez Kati goste que o véu úmido daquela névoa restaure algum brilho a seu focinho, porque ultimamente tem estado muito seco.

Com o tempo, ela parece mais condescendente com Ladrão, que continua implorando por brincadeiras que ela ainda não pode retribuir. Não fica mais com os pelos eriçados se ele se aproxima. Às vezes até se junta aos seus latidos, em solidariedade, quando o barulho de outro cachorro ou de uma moto reverbera pelo planalto. Alguns dias depois de chegar, começa a acompanhá-lo pela manhã até o portão para receber a vizinha, que chega para limpar. Enquanto o outro pula e geme, ela mexe as costelas e circula ao redor da mulher algumas vezes quando ela está por perto. No caminho de amieiro que leva à casa, sincroniza seu trote com os passos dela.

Às vezes, quando se levanta do canto do pátio onde passa o tempo da perplexidade, faz uma peregrinação ao jardim que margeia o pasto da propriedade. Estuda abelhas e gafanhotos que não existiam em suas ruas. Passa longos instantes cheirando a lama negra que a água entesoura, talvez para entender as vibrações que pulsam ali. A história de tantas entranhas que acabam apodrecendo, a urina e os excrementos com que tantos outros se assentam, os ossos e as cascas que narram sua vida e seu fim em cada grumo. De lá, ela olha para as montanhas, quando as nuvens permitem. Às vezes, levanta as orelhas. Parece que ainda está cultivando o poder que precisa para atravessar os arbustos e se aventurar na floresta onde traçam suas rotas as velhas e novas abelhas e tantos outros seres que trepam e zumbem, ainda tão estranhos para ela.

De vez em quando, a mulher a espia da janela da sala de jantar, interrompendo o trabalho de abrir as caixas de heranças que tinha postergado por meses, mas que só agora, com a chegada da cachorra, encontrou ânimo para organizar. Certificar-se de que a outra ainda está lá alivia um pouco a ferida causada pelas coisas de sua mãe que ela agora tira das caixas sem saber se deve dar ou conservar ou a quem, onde ou por quê. Ela fica particularmente atordoada com uma caixa de vidro em que a idosa mantinha quinze dentes, alguns deles de leite e outros com raízes, que caíram em diferentes momentos de sua vida. De vez em quando, alivia-a virar-se para ver a cadela desengonçada nas lajotas do pátio ruminando suas andanças sem bagagem. Espiá-la a ajuda a entender que ela não é obrigada a valorizar o que sua mãe adorava. Percebe a fenda intransponível entre herdar as coisas usadas dos outros e herdar o amor dos outros por suas coisas. No segundo dia de cuidados com a cachorra, ela enterra a coleção de dentes no jardim e agradece em silêncio.

Talvez Kati não perceba que a mulher também a vigia da horta onde as mudinhas moribundas que trouxe de Bogotá decidem se este é um lugar digno de crescer. Rosna para ela quando a sente se aproximando por trás com promessas de carinho. Talvez, daquela voz angustiada que lhe implora que aceite seu refúgio, também exale um cheiro inquietante. Talvez em seu íntimo Kati se lembre de outras armadilhas quando a mulher se aproxima dela. Como na época em que ainda vivia com Luis e com ele se aproximou da carroça de um catador inimizado e recebeu uma pazada que a deixou mancando durante dias. Ou quando foi apanhada nos escombros da antiga rua onde vivia.

A cada resmungo da cadela, a mulher se sente derrotada. Devaneia em chamar o famoso treinador que viu em uma série de TV, capaz de domar qualquer animal de estimação e acabar com as rebeliões de bichos que não entendem seu lugar na casa. Fica incomodada por não saber claramente do que é feito o descompasso da cadela. Oscila entre parabenizar-se por tirá-la da solidão de Bogotá e culpar-se por mudá-la de lugar. Não sabe mais o que fazer para que ela se sinta bem-vinda, a não ser lhe dirigir elogios que sente que a outra não aceitará. A vizinha aconselhou-a a ter paciência, e ela tenta convencer-se de que a cadela vai lentamente se habituar às montanhas. Ela espera que os pedaços de carne que agora aceita sem hesitação tenham começado a preencher o vazio que se agita entre elas. Aferra-se às vitórias breves e segue o fluxo. A cachorra termina a tigela de comida com algum entusiasmo. A cachorra permite que suas orelhas sejam coçadas depois de comer tudo. A cachorra admite uma lisonja sem se afastar. A cachorra não rosna quando ela enfia a mão na pelagem em volta de seu pescoço. A cachorra olha para trás quando ela a chama, embora apenas brevemente e embora ainda se recuse a vir até ela. A cachorra anda mais ereta e parece tensionar menos os pelos. A mulher promete a si mesma repetidas vezes que, aos poucos, elas se amarão como devem e que a outra irá aplacando a orfandade que ainda parece supurar por seus ossos. Que de um momento a outro ela deixará de ser displicente, e uma manhã acordará altiva como a conheceu na Unidade e aceitará qualquer carinho. Que então ela poderá levá-la para passear com Ladrão pelos trilhos de ferro que foi descobrindo na região e que a cachorra passeará ao lado dos dois muito feliz. Algumas vezes ela se pergunta o que vai fazer se isso não acontecer.

Kati passa as primeiras noites dormindo dentro da casa. Como ela resiste a entrar quando escurece e a mulher sente que é melhor não contrariá-la, todas as noites a caseira volta para ajudá-la a levar a cachorra para a cozinha. Então Kati se deixa puxar mansamente, cabisbaixa e apequenada, para o canto que escolheu no primeiro dia, onde agora há um tapete acolchoado feito de xales saídos de uma caixa de herança. Talvez seja uma mescla de raiva e preocupação que se condensa em seus olhos quando desaba ali. Olha de soslaio para a mulher enquanto ela janta, arruma a cozinha, serve-se um copo de uísque, assiste ao noticiário. Acompanha os vaivéns das vozes com suas orelhas quando percebe algum barulho estranho da televisão ou um tom agudo na voz da mulher falando ao telefone. Levanta a cabeça quando ela começa a cantar boleros e tangos, como fazia quando Luis cantava *vallenatos*. Às vezes senta, como se desnorteada com a quietude, mas volta a deitar-se depois de pouco tempo. Quando percebe os momentos em que a mulher olha para ela, move os olhos como consternada até cruzá-los brevemente com os dela. Às vezes lambe os joelhos com afeição.

Ela se levanta e late sempre que os cães presos no sítio ao lado cantam sua elegia noturna. Talvez entenda, como a mulher, que naquele berreiro distante ressoam uma denúncia e um desgosto. Talvez sinta pena deles. Talvez seja de resignação que Kati tenha começado a se deixar acariciar depois dos latidos, desviando o olhar quando os dedos da outra se enroscam em seu pescoço tentando acalmá-la. Quem sabe já esteja aceitando aliviar a ânsia que a mulher tem de ampará-la (de se amparar?), que é o destino de tantos cachorros.

Na terceira madrugada, antes do amanhecer, Kati late ao pé da janela da sala de jantar com uma indignação que soa igual à que sentia em Bogotá quando defendia sua carroça de algum estranho. Será que sentiu o cheiro de uma das cobras de terra que fazem sua ronda pelo jardim? Será que ficou intrigada com a batida constante dos besouros se estatelando contra o vidro? Ou talvez em sua canção raivosa esteja expelindo uma raiva abrigada há muito tempo, a fúria que Mona parecia conter-lhe. Kati ignora o convite da mulher para voltar a se deitar, mesmo que haja um pedaço de carne envolvido. Late um pouco mais. Ladrão responde de fora. Apesar dos remédios para dormir, a outra fica acordada pensando no que fazer se a cachorra continuar interrompendo seu sono.

Na quarta noite, Kati entra na casa quando é chamada, dócil, sem que ninguém precise forçá-la a fazer o trajeto. A mulher se convence de que não foi um erro adotá-la e envia às amigas pelo grupo do WhatsApp uma foto que tirou dela no jardim entre os agapantos. Kati aparece de perfil, de orelhas para cima, olhando para a floresta nublada.

Deixe-me apresentá-las a Leti. Minha nova companheira.

Sempre ficou indignada quando as pessoas dizem que são mãe ou pai de algum cachorro. Recebe confetes, corações e emojis alegres e agradece de volta. Envia a mesma foto para as três sobrinhas que adora, para a colega do banco que ainda não se aposentou e para a faxineira que durante quinze anos limpou seu apartamento em Bogotá e a ajudou a criar Ladrão. Gosta de receber elogios. Que todos achem a cadela tão bonita quanto ela acha. Que todas saibam que foi ela que se encarregou da adoção. A bondade que a faz estufar o peito também a alegra.

Quando tudo está escuro, Kati sobe no balcão da cozinha e rouba uma galinha que a mulher deixou para descongelar. Passa a madrugada acariciando os sucos e arranhando as fibras do peito endurecido. A cada lambida parece sentir uma ilusão, como se, pela primeira vez desde que lhe arrancaram o amor de Mona e dos outros, tivesse encontrado uma missão que fizesse coagular um pouco o talho de sua dor. Extrair o tempo em sabor, em sucos apetitosos. Participar da transmutação de outras carnes. Como se ela agora finalmente apreendesse um desejo potente em sua mandíbula.

Na noite seguinte, a cachorra arranha com insistência a nova porta da frente que a mulher havia instalado, assinando a madeira nova com arranhões profundos. Parece que na escuridão ela está recuperando o antigo vigor de suas garras, o relâmpago que atravessa as lombadas de suas gengivas, o poder trovador de sua voz rouca. Talvez depois do desgosto ela tenha encontrado forças para desejar novamente o ar luzidio da madrugada, o alvoroço dos passarinhos, o cheiro de ratos serviçais, o que crepita e coalha quando o dia quer irromper.

No sexto anoitecer, ninguém obriga Kati a deitar-se lá dentro. A mulher tira o colchão da casinha onde Ladrão dorme e deixa um pedaço de carne fresca em cima dele, que a cachorra imediatamente devora.

— Você está feliz porque agora vai dormir aqui fora?

Kati fareja os cobertores que exalam um perfume sintético. Em seguida desvia o olhar, como se os desprezasse, atenta para detectar qualquer movimento na floresta. Talvez, depois de uma vida acostumada aos cantos diurnos de pardais e melros e ao silêncio noturno dos pássaros da cidade, ela seja surpreendida naquela hora pelo ulular de uma coruja em uma árvore próxima. A escuridão se transformou no grito de uma ave de rapina.

— Mas você não vai sair por aí procurando os cachorros presos ou explorando a floresta à noite. Não, senhora. Vou levá-la logo em uma caminhada para que possamos explorar juntas, quando você estiver pronta para vir em nossas caminhadas, que serão em breve. Sim. Mas agora descanse com Ladrão em sua deliciosa casinha e cuidem da casa juntos, você ouviu?

A mulher se abaixa para tentar acariciar a cachorra, querendo abraçar o focinho com as mãos como sempre faz com o outro. Quer dar um beijo na pelagem escura que lustra sua cabeça, mas se contém. Pela primeira vez, consegue ver de perto a borda marrom que decora suas pupilas negras como a cratera rochosa de um vulcão inundado de água. Ladrão se insere entre as duas, sempre disposto a ser mimado, e ela o beija entre as sobrancelhas depois de enxugar a lambida pegajosa que ele dá nela.

— Você, fique de olho nela.

A mulher se pergunta quando os olhos esquivos da cachorra realmente vão querer encontrar os dela. Se chegará o dia em que seu olhar se transmute em um pedido e ela implore por afeto, como faz Ladrão, ou pelo menos contemple as coisas sem a desconfiança que parece protegê-la desde que chegou.

Em vez de se deitar ao lado de Ladrão, Kati vai para o pátio, aceitando no trajeto um novo pedaço de carne da mulher, que a segue. Ela deixa que a mulher lhe dê tapinhas no lombo e coce o pelo atrás de suas orelhas, nas quais talvez se aloje alguma lembrança de Luis, que escavava ali com as unhas até que ela adormecesse. Será que ela está começando a entender que não há escolha a não ser se submeter a chantagens e cortejos? Também pode ser que, depois de passar tantos anos mendigando ossos, o suculento músculo da galinha tenha começado a desmoronar a insurreição que habita seu corpo. Quando se deita no tapete do pátio, ela se deixa cobrir com um cobertor novo cujo cheiro de perfume alheio deve tornar mais evidente a ausência de seus antigos companheiros.

Durante as duas horas em que Kati descansa no pátio antes de escapar, a mulher assiste a uma reportagem sobre a descoberta de novas valas comuns em Antioquia que se acredita serem de supostas vítimas dos paramilitares. Uma das imagens mostra uma clareira na mata cercada por cordas e guardada por dois policiais e um pastor-alemão. Ouve-se o barulho dos pássaros que competem com o investigador forense enquanto ele explica os detalhes da descoberta aos pés da fossa onde havia catorze corpos. Ela se pergunta se este foi o único cão que ajudou a detectar os cadáveres escondidos sob tantas camadas de sujeira. Fica indignada por ninguém falar sobre ele e promete escrever um e-mail ao noticiário pela manhã. Ela acha que talvez dentro de alguns meses, quando tudo parecer menos duvidoso e novo e ela parar de se perguntar se foi realmente uma boa decisão alugar seu apartamento em Bogotá e subir aquela colina, ela possa considerar adotar outro cachorro. Quando as amigas finalmente forem visitá-la e a horta crescer bem e ela tiver aberto todas as caixas. Quando a cadela enfim entender que mora ali. Tomara que seja um cão heroico como aquele. Mas, se não puder, outro da Unidade. Na seção de entretenimento do telejornal, uma loira de tailleur vermelho apresenta anúncios de planos de celular e uma seção especial chamada "Você tem um cachorro? Com estas cinco atividades, ele vai te amar". Por um momento a mulher fica animada, pensando que talvez eles lhe deem o conselho que ela precisa para conquistar a recém-chegada. Uma treinadora musculosa em traje esportivo caminha com um labrador por um parque no norte de Bogotá explicando o óbvio. A mulher desdenhosamente desliga a tela, serve-se um novo uísque e se aproxima da porta para se certificar de que Kati ainda está deitada do lado de fora.

Kati se une com um latido solidário aos lamentos distantes dos cachorros presos um tempo depois que a mulher apagou a luz. Ela a ignora quando se assoma de novo, como se não quisesse que ninguém se intrometesse. Não parece estar aliviada com os elogios da mulher por ter continuado lá, ou com as promessas de que ela vai dormir feliz.

A cachorra se levanta quando a luz da casa se apaga novamente. Ela se estira e se sacode, como se rejeitasse toda a mansidão que teve de aparentar. Acaricia com as narinas o ar que a incha, apontando o focinho para o barranco, onde desceu com a mulher e Ladrão naquela manhã para cheirar pela primeira vez as águas que lambem o ferro das rochas e sulcam os sedimentos sem contenção. Quantos animais e pestilências virão de longe naquela hora para fazer cócegas no fundo de sua cabeça? Talvez seja capaz de detectar, dali, as rotas que os roedores traçam entre musgos e troncos. O zumbido dos besouros viciados em luz. A leve disciplina das aranhas e o frenesi das mariposas. A baba e a morte de muitas criaturas.

No caminho que leva ao portão ela começa a trotar, sôfrega, com o focinho no chão, como fazia nas madrugadas de Bogotá, quando despertava antes de Luis e procurava ratos no parque. Se esgueira por baixo da porta de madeira que a caseira tranca todas as tardes e sai para a estrada de terra onde passam motocicletas e o caminhão de leite diariamente, mas nesse momento está desolada. Uma nova alegria parece perturbar-lhe os ossos. Parece arrebatada pela urgência.

Ela freia de vez em quando porque algo a chama da margem da estrada e salta animada para farejar o que está escondido no emaranhado de folhas, como se naqueles desvios encontrasse substâncias que a ajudassem a amenizar uma longa ressaca. Até que retoma a estrada de terra que a leva para o sul, talvez lembrando que tem uma direção e um motivo. O passo amortecido e o rabo suave delatam sua nova leveza.

Trotar em direção às árvores que margeiam a estrada sem que ninguém a observe, fazer xixi em qualquer pau, inserir o focinho nos buracos almiscarados. Detectar rapidamente as resinas que outros seres deixam no chão. Reconhecer o chamado de tantas carnes que a convidam ao rastreio. Farejar por muito tempo outras peregrinações e excrementos, a vida oleosa e escamosa de pele e substância com que se recobre este mundo. Exalar, como se empanturrada, quando encontra o rastro de um novo corpo. Qual será o cheiro das penas dos pássaros que dormem nos galhos? A pele emborrachada do sapo que se expande nas árvores madre-d'água? A urina dos ratos? A baba dos vermes na rocha? As pintas que saem das asas da mariposa? Invadir a esponja de musgo que molha suas almofadas. Mastigar ervas que não têm gosto de grama escurecida. Esfregar-se contra a carcaça apodrecida de algum roedor para deixar o lombo perfumado. Andar livremente, satisfeita, como costumava fazer ao longo das calçadas da avenida Décima, mesmo que tudo cheire e soe de outra forma, mesmo que ela não fareje mais, faminta, nenhum resto. Ir para onde ela quiser sem que o ímã de Luis a ancore a um retorno. Percorrer tudo como se nada fosse um limiar. Qualquer um diria que ela está finalmente indo embora e por vontade própria.

Parece ter certeza de que alguém a espera, pois dobra sem hesitação pela pequena trilha que serpenteia até a casa da outra mulher, encravada nas encostas do morro ao lado. Ela inspeciona por um tempo as vacas que dormem no pasto próximo e às quais nunca viu tão de perto. Rosna. Será que lembram a ela, de alguma forma, os corpos retalhados que pendiam nos açougues do centro da cidade, ou o cheiro do animal vivo será diferente? Uma luz ilumina o corredor que margeia a pequena casa para onde ela se encaminha. Um gato sobe com diligência no telhado da casa. Ela investiga os arredores lentamente, aspirando as rachaduras no chão da lavanderia, os arbustos de físalis e a amoreira do pomar escuro. Ela se aproxima do curral onde parece se surpreender com a redondeza pesada das ovelhas, com seu aroma de lanolina e grama. Ela rosna novamente, mas parece que desta vez não há necessidade de latir. Depois de farejar as margens da casa e do galinheiro, como se finalmente estivesse satisfeita com os mapas que traçou, ela acaricia a fenda da porta com o focinho. Certamente reconhece, atrás da madeira, a mulher que a cumprimenta todas as manhãs com afeto lacônico quando entra pela porta da outra casa. Ela se estende no capacho, como se aquela soleira fosse uma guarida que a esperava há muito tempo. Lambe devotamente os joelhos e arranha com os dentes as almofadas de uma pata na qual talvez um espinho tenha se incrustado.

Entra e sai do sono. Talvez ela ainda se surpreenda com os cantos das corujas que podem ser ouvidos mais alto naquela floresta que se levanta nas proximidades. Pode-se pensar que, depois da vitória daquela noite, a primeira camada de seu desassossego começa a derreter.

— • —

Nas noites das semanas seguintes, Kati se recusa a dormir com Ladrão, apesar dos apelos de ambas as mulheres. Nos primeiros entardeceres desde que começou a perambular, ela concorda em ficar no tapete do quintal da mulher que a trouxe de Bogotá quando é ordenada a fazê-lo. Então espera até escurecer, se sacode e impulsiona as alegres molas de sua carne para trotar em direção à casa da outra. Escrutina tudo com menos avidez do que no início. Às vezes trota ao longo da estrada principal que as escavadeiras fizeram há uma década, outras vezes faz a rota ondulada de centenas de anos atrás que as pessoas agora só usam como atalho. Às vezes forja sua própria passagem pelo mato esquivando-se de samambaias, bambus e cipós. Com o nariz, mina a terra e depois exala as substâncias no ar. Talvez ainda se surpreenda com os novos rastros de criaturas que encontra. De vez em quando, para por muito tempo para decifrar devotamente o universo que anuncia um buraco ou a borda de uma rocha. Parece estar polindo uma nova soberania. Talvez, nessa escuridão que a encoraja a serpentear pela floresta, ela comece a habitar outro espaço-tempo. Não o da noite do descanso agitado das mulheres, nem a vigília solícita de Luis, nem os turnos exaustivos das trabalhadoras dos motéis ao pé do parque do centro da cidade, nem as horas que se esgueiram pelas luzes de néon das jaulas da Unidade onde Mona ainda vive, cuidada pelo homem que a ama. Um vão aconchegante feito de passagem e fibra e lodo e grasnidos e ululares e cheiros e fluxos que não podem ser contabilizados. Miasma ressonante e acústico que rompe toda a duração e suas medidas.

Só quando quer, talvez quando a montanha já lhe disse tanto em termos de vibração e substância, Kati se aproxima da porta da cuidadora. Como alguém que encontra um breve nicho para o repouso depois de vagar.

Todas as manhãs ela pula na entrada do sítio quando a mulher abre a porta para ela, como se lhe agradecesse por sua hospitalidade. Dá pinotes contra suas pernas grossas como fazia com Mona quando o homem da Unidade abria as portas da cela para elas. Será que ela pensa na amiga que sempre brincava com ela aos pulos? Talvez nesses saltos ela seja grata pelo carinho sóbrio que essa mulher lhe oferece. Talvez prefira que não ponham palavras em todos os seus gestos, que não haja alguém sempre lutando para decifrá-los. Talvez na caseira que a convida para entrar em sua cozinha escura ressoe algo da presença de Luis, que sempre a acompanhou com uma amizade parca e sossegada e soube acolhê-la nos silêncios, que quis respeitar suas andanças sem querer domar sua ousadia. Parece gostar de acompanhá-la ao café da manhã ao pé do fogão a lenha, ao ritmo da música no rádio (aceita alegremente o osso de costela) e depois prender as ovelhas no pasto, tirar as galinhas, levar água para a vaca e regar as árvores jovens que a patroa deu à mulher para sua casa. Depois a segue pelo caminho sinuoso que se acopla às formas da montanha até chegar à outra casa. Com uma vontade nova, ela traga a comida que sempre está servida onde estava destinada a viver. Ela se deixa acariciar pela mulher que a arrancou de Bogotá, e parece que seus ossos não querem mais fugir dela, assim como também estavam acostumados com o homem da Unidade um tempo atrás.

No início, quando Kati escapa, a mulher sente uma desilusão semelhante à que a invade quando tira pedras de rios que sob a água ostentam seu brilho, mas se tornam opacas e empalidecem quando tiradas de lá, recusando-se a anunciar sua maravilha. Ela se pergunta qual estratégia oculta sua caseira criou para fazer com que a cachorra preferisse passar a noite com ela. Ela gostaria de se livrar do ciúme com que se ressente. A outra explicou que desde criança os cães e os gatos lhe pedem pousada porque sabem reconhecer que ela está sempre disposta a abrir os braços para eles. Ela conta que, desde a morte de Nuvem, a cachorra que ela ganhou de presente de um vizinho uma década atrás, tinha a intuição de que alguém viria acompanhá-la, mesmo que não imaginasse que seria Leidi.

— Dona Gloria, juro pela santinha Maria que não fiz nada pra que ela viesse à minha casa.

A patroa se incomoda com o orgulho de sua voz, mas tenta se mostrar leve.

— Não se preocupe comigo, Teresita, já estou me acostumando com a ideia de que a Leti é independente demais. Claro, ela é mais teimosa do que uma mula e faz o que lhe dá na telha, poxa, mas ainda assim nós a amamos, né? Pelo menos acho que ela já entendeu que a vida dela é aqui. Mesmo que não durma na casa principal, duvido que vá escapar da gente, né? Mesmo que ela tenha duas casas, sabe que aqui nós a amamos, e isso é que é importante.

Embora às vezes se pergunte o que mais poderia fazer para que a cachorra entenda que ela é sua dona (até cogita em amarrá-la à noite, mas depois de consultar a sobrinha se contém), a mulher começa a reconhecer que, desde que começou a dormir fora, o animal tem uma vitalidade mais diáfana e leve. Suas carnes parecem latir com menos tormento. Então vai deixando de conferir o quintal à noite e pedir-lhe para ficar. Ela não fica mais chateada quando aos domingos a cachorra espera o dia todo na casa da caseira enquanto esta desce para a cidade. Não especular o que lhe passa, não implorar para que se aproxime a preenche de um conforto que ela nunca sentiu antes. Entender que a cachorra não pede para ser dela e que não vai convencê-la alivia a angústia inicial de não poder lhe dar um abrigo. Fica deslumbrada com a determinação com que ela vem depois de suas saídas. A convicção e a coragem que mostra bamboleando pelas estradas. Embora saiba que seria impossível, às vezes chega a desejar se tornar como ela. Não se apegar a tantas coisas. Atravessar a terra sem aquele jeito humano de doer. Ter uma compreensão diferente dos abandonos.

— • —

Nas noites do início de abril, depois de três meses de vaivéns noturnos pelas estradas que correm entre suas duas casas, quando Kati explorou as colinas e entende mais a floresta toda variada, os bandos de aves migratórias começam a agitar o ar acima dela. Talvez perceba o tumulto. Será que o mundo tem um cheiro diferente quando milhares de pássaros voam para outras terras, destilando poeira de folhagem de suas asas? Quem sabe Kati os note e se surpreenda.

Numa manhã de domingo, quando Kati está na soleira esperando a mulher voltar de seu dia de folga na aldeia, como é de costume, ela é surpreendida pelas vozes de alguns homens na encosta da montanha que separa as duas casas. Ela já conhece bem essas colinas, pois costuma se dirigir até lá algumas noites para ir de um ponto a outro ou para perseguir ratos, doninhas e esquilos. Ela nunca se deparou com pessoas entre aquelas árvores e talvez por isso seja surpreendida pelos gritos que ecoam ao pé do barranco. Uma nuvem acaba de entrar para abandonar-se entre os ramos, sacrificial e alegre. Kati não consegue ver o mato atrás da cortina enevoada, mas de repente pode detectar o suor dos homens planejando algo sob as árvores.

Ela não sabe, mas a mulher sim, porque cresceu lá e nunca mais saiu, que na área pedregosa abraçada pelas raízes da floresta há um antigo cemitério indígena. A mãe, a avó e a bisavó da mulher contavam sobre a pequena estatueta que lhes aparecia de vez em quando no barranco anunciando as sepulturas. Uma estatueta de ouro de um homem que brilhava na água, mas da qual nunca quiseram aproximar-se porque podia ser um mau presságio. A mulher lembra que na infância vários vizinhos encontraram vasilhas velhas ao arar. Sabe que, há muito tempo, os caçadores de esmeraldas chegam a algumas das matas da aldeia que nunca foram cortadas para tentar saquear as sepulturas guardadas pelas árvores. Às vezes dinamitam-nas em busca de taças, figuras esculpidas, esmeraldas e ouro enterrados com as pessoas que ali viveram séculos atrás. Ela não esquece a regra de sua bisavó de proteger a montanha de intrusos que quiseram perturbar os mortos, nem a angústia de sua avó de que outros viessem depois deles para saquear. Quando criança, na época em que sua mãe expulsou alguns homens de lá com a espingarda, ela vagava por aquelas pedras forradas de musgo com seus irmãos, lutando contra mosquitos, especulando sobre as vidas que habitavam sob a terra, na esperança de um dia tropeçar em uma esmeralda que os tornaria ricos. Certa vez cutucou o oco de uma pedra dinamitada e puxou uma vasilha com listras vermelhas, mas nunca contou a ninguém (ainda mantém a vasilha na gaveta da cozinha). Nem a mãe, nem a avó souberam responder-lhe se os índios que jaziam naquele cemitério ao pé de sua casa eram os mesmos que haviam pulado da famosa rocha que ficava ali perto quando os espanhóis vieram persegui-los. E ela nunca se perguntou se os ossos enterrados ali eram de seus antepassados, embora não possa imaginar que sua família venha de outro lugar que não daquela terra.

É possível que em outras ocasiões, ao atravessar a encosta pedregosa, Kati tenha detectado os ossos porosos e desgastados que antes abrigavam pessoas e agora são morada de fungos e escorpiões. Talvez possa reconhecer o mau cheiro que emitem entre os das outras criaturas que povoam o mundo subterrâneo.

Furiosa, Kati ladra ali do pasto quando os gritos dos homens ecoam pela floresta. Adorna cada uma de suas queixas com rosnados. O latido com que Ladrão lhe responde à distância parece dar mais força à sua denúncia. Eriçada, talvez ela busque entender até onde chegam seus domínios. Em Bogotá, algumas vezes, surpreendeu alguns ladrões que queriam roubar coisas da carroça de Luis e conseguiu ensinar-lhes uma lição com sua raiva. Com a pelagem ereta, ela galopa em direção aos caçadores, que continuam a se chamar entre as árvores. Até que é detida por um petardo que retumba entre os troncos e rebota entre os picos. Será que ela se lembra das explosões que a assustavam quando havia protestos no centro da cidade? Ela sempre enlouquecia com a barulheira e fugia procurando um esconderijo, até que Luis a encontrava tremendo debaixo da carroça. Mas agora ela não foge. Explode em latidos mais ferozes quando o eco se dissipa e as vozes retornam. Alguém diria que a fúria espumosa e gutural que trovejava entre seus dentes se assemelha àquela que ela expulsou quando o levaram, naquele dia em que começaram a quebrar todas as promessas em relação a ela.

Quem sabe, absorta como está na invasão dos homens, a cadela perceba os pássaros que saem dispersados daqueles galhos pela explosão da dinamite.

Carpinteiros
uma pavoa
as cotovias
carriquis
colibris
pintassilgos
turpiais
mariquitas
beija-flores
suiriri
verdilhões
um tucaninho
e a saíra.

Alguns deles, aqueles que estão justo se preparando para voar muitas noites para os verões do Norte, já conhecem explosões semelhantes, pois as pessoas despejam pólvora em todos os lugares. Mas isso não os deixa menos assustados. Talvez Kati consiga identificar o furtivo esvoaçar que lhes permite sair de lá.

Ela provavelmente não conseguirá ver a saíra-escarlate que bate as asas acima dela, aleatoriamente, expulsa antes do tempo dos topos mais altos dos carvalhos onde havia se estabelecido por apenas um tempo. Ela estava inquieta há dias, empanturrando-se de insetos e sementes, abrigando um novo colchão de gordura no peito, expulsando as penas mais velhas para abrigar as novas, vermelhas, preparando--se para a longa viagem até a floresta setentrional. Ela ainda tinha alguns dias pela frente para se inflar mais, até que o sinal magnético e estelar que ela sabe reconhecer a impelisse a cruzar o continente de novo.

Cachorra e pássaro se cruzam, talvez sem se notar, na floresta antiga e nas vibrações do coração que lhes retumba a mil depois da explosão. No susto de presenciar tantas emboscadas. E no nervo agudo que os encoraja a tentar resistir a elas.

Quando parece se recuperar de seu atordoamento, Kati late de novo, lançando um projétil de baba em meio à penumbra. Galopa em direção ao barranco que atravessa a encosta do morro onde as murtas centenárias se contorcem e a névoa se mistura com a fumaça. Ignorando-a, quatro homens carregados de sacos correm na direção oposta, perseguidos por centenas de abelhas. São as arrivistas que a mulher trasladou dos arredores de Bogotá para aquela montanha. Talvez estejam fartas de tantos ardis, e é por isso que se vingam agora.

Como se algo a freasse, Kati parece duvidar se deveria se lançar em cima dos homens que tentam fugir das abelhas. Até que uma delas lhe crava o ferrão no focinho e outras se enroscam na pelagem do lombo para ancorar ali sua indignação. A cachorra se sacode toda, como se tentasse se livrar do ardor que brota de tantas picadas. Mas parece ser maior a cólera com os intrusos que fogem, e ela galopa atrás deles. Interrompe a corrida algumas vezes para cuidar do ardor até alcançar os homens, que estão subindo em duas motos estacionadas na beira da estrada. Quem sabe ela acredite novamente, como talvez tenha acontecido em Bogotá, que suas pernas são iguais em potência a qualquer máquina, que com sua velocidade e seus latidos será capaz de subjugá-la. Ao se aproximar dos pneus de uma moto, ela se joga na perna de um dos homens. Puxa com tanta força que a moto escorrega na lama. Kati se balança para morder outra perna até que uma patada enérgica a empurra para a sarjeta. Suas costelas rebotam contra algumas pedras. Talvez ela tenha sido apanhada por uma câimbra incomum. Enquanto se recupera do golpe e pula na estrada para atacar novamente, os homens aceleram e vencem a corrida. Como desgastada, Kati finalmente para na poeirada. Ela se dobra em duas para tentar aplacar as picadas que talvez estejam ardendo mais. Quem sabe os arranhões que franziram sua barriga e o lombo lhe narrem alguma forma da injustiça.

O focinho de Kati inchará por causa das picadas, e por alguns dias ela coçará os vergões que foram deixados em suas patas e no lombo. De vez em quando esfregará a língua sobre as cicatrizes deixadas pelas pedras. Mancará quatro dias da perna que foi chutada, mas não abandonará seu vaivém noturno. Talvez suas costelas machucadas estejam estalando. Sem saber que foram os caçadores que perturbaram sua manhã, as mulheres cuidarão dela com pomadas e emplastros de ervas, cada uma à sua maneira. Uma se perguntará se a cadela estava tentando escapar, se alguém quis roubá-la ou se estava procurando uma briga. A outra concluirá que ela incomodou as abelhas enquanto andava caçando coisas e se machucou com a fuga.

Muitos dos pássaros exilados retornarão ao morro onde ocorreu a invasão porque sabem não deixar levarem sua morada tão facilmente.

Antes de iniciar o regresso para suas outras terras, a saíra-escarlate passará mais alguns dias em uma montanha próxima que foi coberta durante séculos por árvores hospitaleiras sempre dispostas a deixar-se invadir e mordiscar pelos outros, a abrigar os desejos de criaturas alheias. Lá ela comerá, desenfreada, até a quarta noite, quando a luz ordena que ela parta, talvez para alívio de suas vísceras.

Na manhã do domingo seguinte, Kati caminhará com a mulher até a casa da patroa, que terá decidido que a cachorra não deve mais ficar sozinha quando a caseira descer à aldeia em seu dia de folga. Mas, assim que puder, Kati sairá sorrateiramente daquele quintal até a soleira da outra casa, perto do monte das tumbas e das abelhas, onde espera e reina. Onde só às vezes os pássaros errantes habitam e outros vivem sem precisar se mudar.

Talvez os saques germinem nela a ânsia de defender a floresta de ossos centenários que agora revela mais os miasmas dos mortos. Talvez a invasão faça brotar nela um novo vínculo. Mas de repente, não. Quem sabe a partir daí, em seus trotes contentes pelas estradas, ela invoque Mona. Talvez a saudade continue vibrando, mas se torne cada vez mais tênue.

VI
POR TODAS AS PARTES

Para um lado e para outro, isto é, aqui e ali, em todos os lugares. acsieque
Converter uma língua em outra, traduzi-la. yquy zegucasuca l. yszeguscasuca

ANÔNIMO, *Gramática breve da língua mosca* (*c.* 1612)

Felipa diz que os grilos sempre fazem ruído, sem parar nem para respirar, para que todo mundo ouça os gritos das almas que estão penando no purgatório. No dia em que se acabarem os grilos, o mundo se encherá dos gritos das almas santas e todos nós sairemos correndo espantados de medo.

JUAN RULFO, "Macario"

A palavra, então, tem de esmigalhar o mundo. O canto dos patos pretos que nadam nos lagos de montanha, gelados, onde a neve derretida se acumula, esse canto repercute nos abismos rochosos, se funde neles; rasteja nas terras altas, faz dançar as flores das ervas duras que se escondem sob o ichu, não é verdade? A palavra é mais precisa e por isso pode confundir. O canto do pato de altura nos faz entender todo o ânimo do mundo.

JOSÉ MARÍA ARGUEDAS, *Os rios profundos*

Primeiro porque é verdade, e depois porque as leis deste relato — já carregado de cipós em excesso, serrapilheira de todo tipo, volutas vegetais e floripôndios — assim o exigem, direi que o rio não estava longe.

SEVERO SARDUY, *Colibri*

ziiiiir ziiiiir ziiiiir ziiiiir ziiiiir

tiiturutiiiiit tiiiturutiiiiit

tiit tiiit tiiiit tiiit tiit tiiit tiiiit tiiit

tuutuutituutiiii tuutuutituutiiii tuutuutituutiiii

jjjjjjjjjjjjjjjjjjjjjjjjjjjjjjjjjjjjjjjjjjjjjjjjjjjjjjjjjj

tutitutrrriiiiiiiiiiiii tutitu

ffffffff fffffffff ffff ff ffffff f ffff fffffffff ff ff

tutui- tutui- tutui tutui- tutui- tutui

tuti tutiii tutitutiiii

kiukiu-kiukiu kiukiu-kiukiu kiukiu-kiukiu kiukiu-kiukiu kiukiu-kiukiu

rrurru-rrurru rrurru-rrurru rrurru-rrurru rrurru- rrurru

Como eu gostariaaaa ai que você estivesse vivaaaaa que seus olhinhos nunca tivessem fechado e eu estivesse olhando para eles

trrrrrrrrrrrrrrrrrrrrrrrrrrrrrrrrrrrrrrrrrr trrrrrr

tuutuutituutiiiiiiiiiiiii tuutuutituutiiiiiiiiiiiii tuutuutituutiiiiiiiiiiiii

gzzzzzzzzzzzzzzzzzzz

bouuuuf boouuuuuuuf bouuuuuf grrrrrrr buuuuf

como eu queriiiiia ai Leidi, vem tomar café! Vem pra cá, não se enfia aí no monte metendo a fuça em problema!

Sobre a autora

María Ospina Pizano nasceu em Bogotá, Colômbia, em 1977. Estudou História na Universidade Brown, é doutora em Literatura Hispânica pela Universidade Harvard e professora de Cultura Latino-americana e Escrita Criativa na Universidade Wesleyan, Connecticut, Estados Unidos.

Coordenou o projeto testemunhal e museográfico *Cartas de Persistência* (Biblioteca Luis Ángel Arango, Bogotá) e a antologia homônima (2008). Escreveu diversos textos sobre memória, violência e natureza na cultura colombiana contemporânea publicados em coletâneas e revistas literárias na Colômbia e nos Estados Unidos. Seu primeiro livro de contos, *Azares del cuerpo* (2017), foi editado na Colômbia, no Chile e na Espanha, traduzido para o inglês e o italiano e selecionado para o Premio Hispanoamericano de Cuento Gabriel García Márquez em 2018.

O romance *Só um pouco aqui*, também traduzido em alemão, inglês e italiano, recebeu em 2023 o prêmio Sor Juana Inés de la Cruz, outorgado pela Feira Internacional do Livro de Guadalajara, que reconhece a excelência do trabalho literário de mulheres em idioma espanhol da América Latina e do Caribe, e, em 2024, o Premio Nacional de Novela, do Ministério de Cultura da Colômbia. Foi ainda finalista do Premio Finestres de Narrativa em Castelhano.

Sobre a concepção da capa

O conceito cidade *versus* natureza figura na contraposição visual entre o concreto dos prédios altos e frios com as texturas dos elementos orgânicos: ambientes urbanos hostis e rígidos, como avenidas congestionadas e arranha-céus, foram combinados com texturas inspiradas na natureza (terra, musgos, cascas). Carros e ruas sugerem deslocamento.

As fotografias, como se fossem camadas de tempo e espaço, possuem cores mais amareladas e esmaecidas para transmitir a sensação de melancolia causada pela adaptação forçada. Planos baixos, como se víssemos o mundo do ponto de vista da cachorra na calçada ou do besouro caído de costas. Planos aéreos como se víssemos o mundo do ponto de vista do pássaro.

Formas orgânicas misturadas com linhas geométricas evocam a tensão entre a liberdade natural e as imposições da vida urbana.

Na parte interna da capa utilizamos a imagem das cerdas de um porco-espinho superampliada resultando em uma estampa abstrata.